U0130960

# 創始人手記

一個企業家的思想、工作與生活

季琦 著

# 哈佛人生課

# 目錄

## 二、終點即是原點

## 一、我的十年創業路

## 二、做好一個企業

## 三、華住哲學

## 一、從遠方到故鄉

# 序言

我讀書基本不看序言，覺得序言乃是「絮言」，是可有可無之物。如非得要「絮」序，還是我自己來序為好。

十年前，在紐約上課，正好處在金融危機的暴風眼上，感悟很多，覺得需要記錄下來。後來就陸陸續續地寫下來了，一寫就是十年。

十年的內容涉及面很廣，沒有一定主題，而且寫作時候的心情和認識都不一樣，當要整理成書的時候，就顯得雜亂無章。因此，將內容分成了三大類：天、地、人。「天」是關於形而上的內容，講宇宙，講時空，講人生，講意義等；「地」是關於企業的，關於創業、經營、生意、組織等；「人」是關於七情六欲的各種感官的事情，比如紅酒、愛情、美食等等。人生於天地間，而行走於江湖。我的文字大致也是按照天、地、人這三大類來記錄的。

很多人對於我十多年創立了三家百億級的公司很感興趣，想知道如何成功，如何創造財富，如何領導企業。但是我覺得更重要的還是形而上的思考，你的認識決定了你的行為，形而上決定了你的形而下。而作為一個人，平常生活中的衣食住行也沒有什麼特別之處，但正是這樣的人情味和煙火味，讓我們顯得可愛和可親，這本書「天」和「人」的篇幅雖然不多，但不可或缺，否則就可能又是一本商業味很濃的出版物了。

人類的思想非常豐富，語言和文字只能表達其萬一，能夠較好地表達思想的是音樂、詩歌和藝術，用較為抽象的表達方式來表達無窮豐富的思想。即使這些工具，仍然不能精準地表達我們腦海裡的思緒。所以，文字這樣的粗糙表達，不知道給我們的思想打了多少折扣，但是，聊勝於無，有這些文字，還是比沒有好。

有錢的中國企業家很多，但是在生意中和生意外進行思考並記錄下來的人很少。我的文筆一般，思考可能也並不深刻，但是能夠十年堅持探索和記錄，就是我為這個時代保存下一個有意思的切片。權且匯集成書，算是一個時代、一個人的忠實寫照。此書無意流傳千古，假如能夠對閱讀者有所啟發和幫助，也就不枉我江湖夜雨十年燈了！

是為序。

二〇一八年六月二十五日

於褐岩山

Founder's Notes

# 天

# 一　生活即是藝術

我繞了一大圈去尋找藝術，尋找藝術家，
最終卻發現，原來我們每個人都是藝術家，
每個人的生活都是藝術品。
生活即是藝術。我們要將自己的一生當成一件
最獨特、最重要、最昂貴、最優美的作品來創作。

# 簡潔之美

小時候念書，不知是因為老師怕煩呢，還是本來就如此，我發現所有考試題目的結果都比較簡潔、美觀。如果你辛辛苦苦地推導出一個特別複雜的結果，基本上都是錯誤的。數學題目做多了，我漸漸有了感覺，知道數學中存在一種「美感」。不僅邏輯上美，形式上也非常美。有一次在上解析幾何課時，老師出了一道題，看誰算得快。像所有的解析幾何題一樣，這道題要演算好久。但我看了看題目，就直接報出了結果。老師和同學都非常驚奇，問我為何。我說，從題目本身，我感覺只有這樣的形式才可能是正確結果，試著套進去一看，正好！

我想，這就是我們所說的形式美吧。

從數學到物理，再到我們自然界的規律，都存在著「形式美」。

一個有意思的例子便是「引力」，大家都知道這兩個公式：

萬有引力：$F=G\frac{m_1m_2}{r^2}$，G為萬有引力恆量，m是質量，r是距離。

庫侖力：$F=K\frac{q_1q_2}{r^2}$，K是靜電常量，q是電荷量，r是距離。

一個是大到天體的引力，另一個是微小粒子的引力，但在形式上卻非常接近。再想一想人與人之間的引力，也非常相似：$F=L\frac{c_1c_2}{r^2}$。

L是吸引力常量，c（charisma）是魅力量，和容貌、知識、性格、財富、地位等個人特質相關，r是距離。

後來，愛因斯坦試圖統一庫侖力和萬有引力，他想用引力場的概念來解釋，但沒有完成。但我堅信這個統一是存在的，一個不複雜的公式也是存在的，只是還有待於像愛因斯坦這樣的高人去發現。既然微小粒子之間有作用力，那麼由這些微小粒子組成的人、物體、天體也應該有相似的作用力特質。

上帝創造萬物，只會遵循極少、極簡單的幾條規則，否則就不是萬能的上帝了。

我們看上帝創造的自然界，那些花兒、動物，身上的斑紋、線條都是很優美的曲線和圖形。用數學的術語來說，就是「多次可導」的函數曲線。流暢、光滑、對稱，你絕找不到一種動植物有著不和諧、不規則的曲線和圖形。

更不用說上帝創造的構造如此精妙的人了。從我們平常生病就看得出來人體是如何精妙。身體的任何一個部位稍微有一點點不妥，人就會感到非常不舒服。但是這麼精妙的人，只需要在猴子、豬、羊的基因組合裡變動很小的一部分就可以構建了。男人和女人、美女和醜女、生與死之間的差異，需要變動的基因組合更少。

如此多彩的世界，如此精妙的創造，就是靠幾個簡單的規則改變來達成的。

作為宇宙的一分子，極其微小的一分子，人類的活動和價值觀也應遵循這樣的規則：用最少的資源，達到恰好的功能，並以簡單、平實的形式表達出來。這，就是簡潔之美的規則，所謂「大道至簡」。

宇宙萬物以極少的基礎構件，進行不同維度的應用。因此，人類的組織、產品的設計都應該「道法自然」，以簡潔為美。

二〇〇九年三月二十六日

# 人生的兩個視點

我們的眼睛總是在觀察別人，在看別的事物。除了照鏡子之外，很少能看到自己。現在，請移開鏡子，閉上眼睛，向內看，觀察自己，看看有何收穫。

首先，畫一根X軸，原點就是現在的你。

往左看，負軸方向是你的過去，但不是到負無窮遠，而是你剛剛出生的那一刻，那個盡頭是嬰兒時期的你。

往右看，是你的將來，同樣也不是到正無窮大，而是有限的時間，那個盡頭是臨死前的你。可能是個羸弱老者，也可能是其他形象。

這就是二維圖示所呈現的你的一生，簡潔、明瞭、直接而決斷。

經常畫這麼一根X軸在你的心裡，經常往左、往右看看，你可能會感到生命寶貴而短促，或者感到無奈茫然。

這會讓我們有敬畏之心、仁愛之心，讓我們有所珍惜。

這種審視自我的方法叫二維視點。

還有一種方法，是三維視點。

你坐穩，或者站直，沿著身體的中軸，從頭頂往上拉一根無限遠的直線。將你的身體留下，帶上你的眼睛和靈魂，沿著這根直線往上，往上，再往上。

你會發現你的身體越來越小，越來越小。你會成為地面上的一個小點，然後小點漸漸模糊；隨後，連地球也成了一個小點；再往上，太陽系成了一團模糊的星雲。暫時到此為止。若再往無窮遠去，超過了太陽系，就連想像力也無法到達。

到此為止的認識，就是我們生命的三維圖示。類似靈魂出竅，玄妙而孤寂。

經常從太空看自己，你會發現自己的渺小和無意義，宇宙中多一個你，少一個你，有什麼差別嗎？可能有，可能沒有。

這或許會讓我們變得謙卑和寬容。

當我們從浩瀚宇宙中收回視線，再次「內觀」。想像我們進入了身體，先是某一個器官，接著是器官的組織、細胞，最後到達最小的單元——量子。

通過細胞克隆，可以複製出一個一模一樣的自己。量子糾纏可能帶有前世來生的因果。藏醫認為，我們身體的運行規律跟天文星辰一樣。佛教認為，我們每個人心中都具備一樣的佛性，而這純淨真心跟宇宙萬物是一體的。

所謂宇宙，是由萬物組成的全體；而每一個最小的單元裡面又包含了宇宙的全部信息。每一個人，其實都是非常獨特和重要的。我們是個小宇宙，我們自備佛性。這又讓我們覺得完滿和喜悅。

換一個視點看自己，人生便有不同。

二〇〇九年十二月三十一日

# 社會的統一場論

社會分工的細化，使得各個行業的區分越來越明顯。通常，不同行業的人會帶有不一樣的職業習慣，有些甚至固化到性格裡去，成了這些職業的標籤。比如財務、律師偏保守，政治家重理性，牧師和善古板，藝術家個性強，商人靈活，科學家有點不食人間煙火，軍人比較粗獷，等等。

但是，當你近距離地接觸各個行業的佼佼者，卻能發現一種明顯的趨同感。他們對於事物的看法通常非常一致，心態、價值體系也趨同。

這些佼佼者有許多共通點，通過「合併同類項」，大致可以歸納如下：

一、執著、專注、心無旁騖。能在一個行業內混出點名堂的人，通常都有那麼一點「二愣子」精神，不達目的，絕不甘休。除了著迷和熱愛，還有一份信念讓他們堅持到最後。

二、不重名利，超然物外。畫家在作畫的時候，如果心裡盤算著每一尺的價錢，估計畫不出可以流傳的作品。正因為這樣的純粹，他們才少了許多羈絆，才能夠將自己的天分發揮到極致，取得常人難以取得的成就。

三、兼容並蓄，沒有籬柵。他們不會拘泥於前人的教條，也不會局限於現存的套路，而是從不同行業、不同的人身上汲取營養，在繼承人類最優秀的智慧後，進行自我創造和突破。

四、胸懷天下，普度眾生。這些人總是從符合大多數人的利益的角度出發考慮問題，而不是從一己之私利出發。這樣資源的配置才能帶來最大的效益，而資源的耗散產生出最大效率的能量，反哺給系統，形成穩定的良性循環。

五、運氣好。所有成大事的人，都有一項十分重要的因素，就是時運。很多人忽略了這個因素，總在自己身上總結經驗，然後覺得自己多麼能幹，多麼偉大。講到運氣，好多人覺得就是「唯心」，就是迷信。實際上，「時運」就是我們自己有意或無意，順應了宇宙運行的大勢，和迷信沒有關係。

在對這些行業和人物進行觀察的時候，我想起了登山。

開天闢地時，世上只有一座原始的山，沒有上山的路。混沌初開時，一些有好奇心、有天分的人可以探索出許多不同的道路來。那些道路也沒有明顯的區分和定義，就像達文西這樣的天才，可以「探索」出許多條「路」來：畫家、寓言家、雕塑家、發明家、哲學家、音樂家、醫學家、生物學家、地理學家、建築工程師和軍事工程師等。慢慢地，走的人多了，繞山一圈，就有了許多條通向山頂的道路。山頂是大家所努力追尋的目標，古人稱之為「道」。不管從哪條道路上來，最終能夠到達山頂的人，看到的是同一道風景。

一切學問的終點是「道」，一切文化歸根結柢也是「道」。

「道」是個說不清講不明的東西。道家說「道可道，非常道」，佛家也有「頓悟」一說。不同行業的佼佼者也會經歷類似「悟道」的階段。

「道」雖然說不清楚，但「道法自然」，也就是說，「道」和宇宙萬物的規律是一致的。

牛頓、愛因斯坦、霍金這三位偉大的科學家實際上都在尋找一個適合宇宙萬物的「統一場」，這個「場」不僅能夠反映日常物體的規律，也能反映微小粒子和巨大天體的規律，當然至今未果。牛頓和愛因斯坦最後都轉向了宗教，而霍金原則上並不相信有擬人化上帝的存在，但是在探索的道路上，我看他正滑向斯賓諾莎的「上帝」[1]。

看似如此混沌的宇宙，其運作又是如此精準與和諧。在一條看似偶然的邊界上，畫出了一條清爽優美的存在曲線，讓古今無數英雄折腰。

人是宇宙的一部分，由人類組成的社會也是宇宙的一部分。宇宙的「統一場論」至今沒有找到最後的答案，人類社會是否也存在類似宇宙的「統一場」呢？去發現更多的共性與本質，就是接近真理的道路。

二〇一〇年十月六日

1 斯賓諾莎認為宇宙間只有一種實體，即作為整體的宇宙本身，而上帝和宇宙就是一回事。他的這個結論是基於一組定義和公理，通過邏輯推理得來的。斯賓諾莎的上帝，不僅包括了物質世界，還包括了精神世界。他認為人的智慧是上帝智慧的組成部分。斯賓諾莎還認為上帝是每件事的「內在因」，上帝通過自然法則來主宰世界，所以物質世界中發生的每一件事都有其必然性；世界上只有上帝是擁有完全自由的，而人雖可以試圖去除外在的束縛，卻永遠無法獲得自由意志。如果我們能夠將事情看作是必然的，那麼我們就愈發容易與上帝合為一體。因此，斯賓諾莎提出我們應該「本質地」看事情。

# 賈伯斯的啟示

二〇〇五年，賈伯斯在史丹佛大學的畢業典禮上發表演講。這篇演講非常著名。我想借此談談我的想法。

在這篇演講裡，賈伯斯講述了他生活中的三個故事。

第一個故事，是關於如何把生命中的各個點連起來的。

賈伯斯從他的出生開始講起。他的生母是一個年輕、未婚的大學生，她決定讓別人收養他，但前提是收養他的人必須大學畢業。一天半夜，賈伯斯的養父母接到一個電話，問他們是否想要一個意外出生的男嬰，他們欣然接受。但賈伯斯的生母發現，他的養母從來沒有上過大學，而他的養父甚至沒讀過高中，因此拒絕簽署收養合同。幾個月後，他的養父母答應她一定會讓賈伯斯上大學，她才勉強同意。

到了十七歲時，賈伯斯上大學了。里德大學的學費昂貴，父母是藍領，他們幾乎把所有的積蓄都花在了他的學費上。六個月後，賈伯斯覺得這樣做不值得。他說：「我不知道我真正想要什麼，也不知道大學能怎樣幫我找到答案。但在這裡，我幾乎花光了我父母一輩子的全部積蓄。」他退學了。在當時，這個決定讓他很擔憂。回過頭看，賈伯斯卻覺得，這是他一生中最棒的一個決定。

這個決定並不浪漫。他沒有宿舍，只能睡在朋友房間的地板上。為了填飽肚子，他去撿可以賣五美分的空可樂罐。星期天晚上，為了吃上一頓好飯，他必須走上七英里的路，穿過城市到達 Hare Krishna 寺廟。賈伯斯跌跌撞撞往前走，全憑自己的直覺和好奇心，後來他發現這經歷是無價之寶。

里德大學當時有也許是全美最好的美術字課程。大學裡的每張海報、每個抽屜的標籤上面都是漂亮的美術字。因為退學了，賈伯斯不必去上正規的課，有機會去選修這個課程。他學到了花體和聖花體字體的區別，學會了怎樣在不同的字母組合中調整間距等等。這些東西，當時看來毫無用處，但十年後，在賈伯斯和夥伴設計第一台蘋果電腦的時候，他把這些知識全都用了進去。賈伯斯說：「如果我當時沒有退學，就不會有機會去參加這個我感興趣的美術字課程，蘋果電腦就不會有這麼多豐富的字體，以及賞心悅目的字體間距。」

十年後往回看，一切都非常清晰，每個點都連接起來了。

賈伯斯總結說：「你一定要相信，這些小點也許在你生命中的某個時候會連接起來。你總得相信點什麼：你的勇氣、宿命、生命、因緣……不管什麼。這個過程從沒有讓我失望過，只是讓我的生命與眾不同。」

這個故事實際上是說，是金子，在哪兒都能發光。不怨天，不怨地，關鍵在於我們自己。我們有時總是抱怨命運不好，出身不好，時代不好，或者公司不好，行業不好，領導不好。實際上，你生活中的每一件事情都說不準是未來某件事的因緣。當我們看上去碰到挫折的時候，它可能帶給我們下一次崛起的力量。

我出生在農村，小時候在農村碰到的許多困苦給了我的身體和心靈足夠的歷練。後來在生活中碰到許多困難和挫折時，它們就變得容易打發了。一個在農村泥土裡打滾拚搏出來的孩子，在未來的事業、工作中還是比較能夠抗壓和忍耐的，追求成功的欲望也比較強烈。現在許多成功的企業家、政治家、藝術家，小時候都比較不容易。困難如果沒有把我們壓垮，就會讓我們變得更加強大。過去的困苦，成就了我們的進取和堅強。要是我生活在條件優越的家庭和環境裡，我懷疑自己是否能有足夠的闖勁和韌勁，支撐自己連續十多年艱苦地創業。

我畢業分配的時候，因為戶口問題進不了外企寶潔，只能進了一個國企——長江電腦集團。國企幾年的經歷，讓我真正地了解了社會和人性；也因為不適應國企的環境，我逼迫自己下海創業，才有了後來的攜程網、漢庭等。如果我進了寶潔，中國可能多了一個職業經理人，但少了一個創業者、企業家。

我是一九八五年進大學的。那一年，我們學校有很多優秀的同學保送進大學，有些去了南京大學，有些去了東南大學。因為我平常比較調皮搗蛋，大約老師們覺得我不夠「又紅又專」，保送的名額沒有我，後來我不得已參加了高考，報考了上海交通大學。在大學的時候，隔壁班有個同學叫萬輝。正是因為他的介紹，我認識了回國尋找機會的梁建章，和在德意志銀行幹活的沈南鵬，後來我們三個（加上范敏）都參與創辦了攜程網。如果我被保送進南京大學，可能就不會有攜程網這個故事了。

不管眼前的道路如何，即便有時候生活讓我們沒得選擇，只要我們心裡有信念和理想，生命中的每一件事情、每一個人都有可能成為我們生命中重要的一個點。這些點連起來，就是我們每個人獨特的人生。平庸還是偉大，富貴還是貧賤，成功或者失敗，幸運或者倒楣……都是這些小點連起來的軌跡而已。

第二個是關於愛和塞翁失馬的故事。

二十歲時，賈伯斯和伍茲在賈伯斯父母的車庫裡創辦了蘋果公司。十年後，它發展成了有四千多名員工、價值超過二十億美元的大公司。公司成立後第九年，他們發布了最好的產品麥金塔。但也就在那一年，他被自己創立的公司炒了魷魚。原因是，在蘋果快速成長的時候，他們雇用了一個很有天分的傢伙和他一起管理這家公司。在最初的一兩年，他們合作得還不錯。後來，他們對未來的看法產生了分歧，最終兩人爭吵起來，而董事會並沒有站在他的那一邊。

三十歲的時候，賈伯斯出局了。對他而言，這是災難性的打擊。最初的幾個月，他不知該做什麼。他甚至想過離開矽谷，離開這一切。但他漸漸發現，自己仍然熱愛所從事的事業。在蘋果公司發生的這一切絲毫沒有改變這個事實。於是，他決定從頭來過。

事實證明，被蘋果公司炒魷魚是賈伯斯一生中最棒的事情：終日為功名所累，還不如做一個開創者來得輕鬆。他如釋重負，進入了生命中最有創造力的一個階段：創立了NeXT軟體公司和皮克斯動畫工作室，還認識了他後來的妻子。在後來的運作中，蘋果又收購了NeXT，他又回到了蘋果公司。他在NeXT發展的技術，在蘋果後來的復興之中發揮了關鍵的作用。

如果沒有被蘋果開除這件事，後來的這些事情一件也不會發生。賈伯斯說：「有些時候，生活會拿起一塊磚頭向你的腦袋上猛拍一下，不要因此失去信仰。我很清楚，支撐我一路走下去的，是那些我所愛的東西。你需要找到你的所愛，工作如此，愛人也是如此。你的工作將會占據生活中很大的一部分。你要相信這份工作是偉大的，你必須先熱愛它；你只有堅信自己所做的是份偉大的工作，才能怡然自得。如果你現在還沒有找到，那麼繼續尋找，不要停下。只要全心全意地去尋找，在你找到的時候，你的心會告訴你的。」

我們很多人都可能碰到類似的事情。生活會給你帶來起伏，在低谷的時候，你會對生活失去信心，無所適從。但中國古代早有故事說明其中的玄機：塞翁失馬，焉知非福。挫折對於強者而言只會是養料，甚至是反彈的後衝力。賈伯斯沒有經歷這次「被辭退」，可能不會有今天的成就，他的人格也不會這麼圓潤。

人類亙古以來一直在探討一個問題：如何度過我們的一生。許多人不會去想這個問題，許多人癡迷於一些東西（權、錢、名、利等），看不清楚。賈伯斯的回答是：找到你的所愛，將你生命中所有的時間花在你的所愛上面。不要為別人活著，要為自己活。在生命的最後時光，他也是秉承這個原則。他將他的最後時光留給了家人，只見了少數幾個外面的人。

世界上最幸運的事情，就是能夠將工作和所愛結合在一起。巴菲特說，他每天早上都是拎著公事包，哼著小曲，踏著舞步去上班的。這樣的境界就是熱愛工作的境界。當然，不一定每個人都能夠像巴菲特這麼幸運。你要麼愛上自己的工作，要麼換一個你愛的工作。哪怕只是為了謀生，也要找一個喜歡的行業和公司。

你可以有無數種可能的方式度過自己的一生。從幼稚園開始就為了上名校折騰，畢業以後希望找到高薪的工作，工作以後追求豪宅、名車，有了孩子以後再開始新一輪追逐。如果這就是你的所愛，也未嘗不可。但，我們是否還能找到一些更深遠、更永恆、更精神一些的生命價值呢？

沒關係，直接的、物質的所愛也可以。只要我們能找到，並且那是我們內心真正需要、真正所愛的就可以。為之奮鬥一生，就是值得。

第三個故事關於死亡。

在這篇演講的一年前，賈伯斯被診斷出患有癌症。那天早晨七點半，他做了一個檢查，報告清晰地顯示，他患有胰腺癌。醫生告訴他，那可能無法治癒，他也許還能活三到六個月。醫生建議他回家，整理好自己的一切。那意味著，他將要把未來十年對小孩說的話在幾個月裡面說完；要安排好後事，讓家人可以盡可能輕鬆地生活；意味著，他要說「永別了」。

但後來，賈伯斯做了手術，「痊癒了」。

那是他最接近死亡的時候。也因此，他對死亡有了更深刻的理解。賈伯斯想到：「死亡是我們每個人必然的終點。沒有人可以逃脫。也應該如此，因為死亡是生命中最好的發明，是生命的必由之路……你們的時間很有限，不要浪費時間去過其他人的生活。不要被教條束縛，那是其他人對生活的思考。不要被其他人嘈雜的觀點掩蓋了你自己內心的聲音。還有，最重要的是，你要有勇氣去聽從你的直覺和內心的指引。在某種程度上，它們知道你想要成為什麼樣子，其他的事情都不重要。」

在大學裡學英語時，有一句話，我看了一眼，至今難忘，叫「Listen to the sound of your heart（聽從你內心的聲音）」。我們不知道未來是什麼，也不知道哪條路可以通向成功，更不知道前方會遇到什麼。與其扔骰子，不如聽從內心的聲音，一路向前。失敗了也不會後悔，因為是你的內心要去那裡。成功了，你內心的聲音會更加堅定和清晰，你的人生也會更加絢麗和精采。

賈伯斯二〇〇四年查出有胰腺癌，做了手術，以為可以治好。想不到七年後，他還是走了。這七年，賈伯斯給世人帶來了太多的精采，蘋果的股票也從十七塊上漲到四百塊（實際上蘋果的股票飛漲正是從那個時候開始的）。賈伯斯好像在和生命賽跑一樣，不停地創新，不停地出新產品，不停地帶給大家驚喜。在診斷出癌症後，賈伯斯也可以退出日常工作，安心養病，慢慢調理。說不定這樣，他的病情不會反覆，至少不會惡化。那他還能有十年、二十年的時光，陪他的孩子們一起成長。但賈伯斯沒有選擇這樣的道路，而是全身心地投入到自己所愛的事業裡。他比以往任何時候都知道生命的可貴，因此更加拚命和努力。這樣的強度，就是一個平常人也不一定吃得消，更何況一個患有癌症的人呢！我們今天能夠用到這麼好的蘋果產品，都是賈伯斯以心血和生命成就的。

生命對每一個人都是一樣的，不多也不少，不偏也不倚。一個人不管多麼能幹，多麼成功，如何聰明，甚至不管如何偉大，如何位高權重，都難以迴避死亡。這是每一個人——偉大或者平凡，富有或者貧窮，高貴或者低賤——最後的同一歸屬。

想想死亡，儘管我們是一臉的無奈和虛無，但活著時還是要「stay hungry, stay foolish（求知若飢，虛心若愚）」啊。

二〇一一年十月九日

# 日日是好日

假期裡也常有諸多煩惱。

比如，恭賀信息。我沒有發信息問候的習慣，但經常收到別人的簡訊、微信。這時候，不好意思不回，但回了又要花費許多時間，很是麻煩。而自從有了發紅包的功能後，就更麻煩了。別人跟你要紅包，你總不能不給吧，好歹也是個老闆。但是問候簡訊、微信，除了肥了電信公司和騰訊外，其實真沒什麼用。在節假日給你發問候的，多數是平常不熟悉、不聯繫的人，借此和你套套近乎，溫潤一下關係。熟悉的人，是不需要借節日來問候的；不熟悉的人，問候了也是白問候。在一大堆問候簡訊、微信裡，你覺得給自己加了多少分？增加了多少的感情？

另外一個煩惱，是我平常很忙，節奏緊張，一放假神經鬆弛下來，反差太大，身體反而不適應，容易生病。

假期應酬也多。且不說有拜年、送紅包、吃團圓飯、參加各類聚餐等重頭戲的春節，就說中秋送月餅、端午寄粽子、聖誕跑大趴也夠你忙的。太多的應酬更是沉重的負擔。

至於假期其他的負面事項也都是大家所熟悉的：高速公路免費帶來的擁堵、每年春運造成的全國性大遷徙、煙花爆竹帶來的污染和擾民，等等。

幾年前，我就開始嘗試在海外過年，還為此取了一個名字，叫「逃節」，效果還不錯。然而現在，出國過年儼然成了新的時尚，應酬也隨之追到了國外，簡直是逃無可逃了。

所以解決問題的方法只有一個：修心。

前一陣子流行「拚命工作，拚命玩」的做法，認為理想的生活是不斷在這兩個極端之間來回切換。我不贊成這樣的觀點。且不說拚命工作容易造成身心疲憊，就說在兩個極端之間不斷交錯，人體的交感和副交感神經也很難調節，長此以往，很容易造成植物神經紊亂。

靜下來想想，幾乎所有的節日都是人類自己定義的。所謂節日，本來都是普通平常的日子。人們為了紀念、慶祝、傳承，或是宣揚某種「美德」，甚至就是為找樂子找理由、找藉口，定義出來的。

因此，如果我們能懷著平常心看待每一天，無論是上班還是放假，去除分別心，珍惜每一天，享受每一天；如果對人生能有美好的憧憬；如果心懷遠大的理想；如果能肩負起集體的責任；如果有夢想要去實現……那我們的每一天都會非常快樂和開心，哪還有什麼工作和放假的區別？

今日的我，已沒有上班、放假的分別。

每天早上起來，心裡都滿懷讓企業更好的理想，而且自覺我的工作很有意義，因為能夠影響眾多（每年近億人次）中國人出行和差旅的生活。當他們遠離熟悉的城市和家，我們能夠提供溫暖可靠的產品和服務給他們。華住的眾多酒店，能夠讓他們安放疲憊的身心。我每天工作完畢，心裡的喜悅也是滿滿的，為一天裡完成的許多成就高興，為想到、聽到的好想法陶醉，為遇到有意思的人開心。

在節假日裡，我也不會停止對企業的關注和思考。有時在這樣的時刻，你會更有高度感和優越感。許多大的戰略思考和文章，我都是在飛機上或萬眾喧囂的假期裡完成的。身在何處，反倒無所差別。

小時候看電影，總是將人分為中國、美國，八路、鬼子，好人、壞人；後來，我發現世上的人（也包括電影裡的人）有太多不同的分類法，簡單地分成兩類是沒法反映真實世界的。在一個高度複雜的社交體系裡，為了方便和簡單，我們習慣給萬事萬物、芸芸眾生貼標籤，根據出身、學歷、職業等。所謂時尚、流行，所謂道德、習俗，也都是標籤的一類。標籤（語言、文字是最普遍的標籤）限制了人們的思維，人為地設定了邊界，畫地為牢。當你不用二分法（比如對和錯、好和壞）去看待一切，當你不給任何事物貼上標籤，當所有的邊界和可能都被打開，你會發現這個世界原來如此美妙！

行文至此，我心生喜悅，不禁想起一首禪詩：「春有百花秋有月，夏有涼風冬有雪。若無閒事掛心頭，便是人間好時節。」抱著這樣的心情看時光，看日子，你就會發現，日日是好日，夜夜是春宵。

「日日是好日」，是沒有分別心，是一種禪心。在我們這個物質化的世界裡，在這個碎片化的時代中，能夠保有一顆無分別的禪心非常有必要。

二〇一六年二月十四日
於東南亞某處

# 生活即藝術

前幾年，為了做好中檔酒店，甚至向高端品牌進軍，我感覺自己也必須升級，再也不能是圓領衫、牛仔褲的範兒，就開始附庸風雅。參加各類畫展，見藝術界人士，自己也試著做些收藏。

剛開始是瞎買，還好我那時沒放開，沒花太多冤枉錢。後來，我就聽一些圈內朋友的意見去買，彎路是少走了，但是那些花費不菲的作品，我看來看去就是沒感覺。再後來，我終於明白，就像人們對於美女的觀點大多迥異一樣，我怎麼能夠依靠別人的審美去收藏呢？花了錢，買的是別人的喜歡。即使是專家、名人的喜歡，也是他的，不是我的。收藏好比娶媳婦回來，天天看著她，自己不喜歡，那終究是不對的。

我的藝術底子差，不易看出作品的價值，而價格差異也好大，少的幾萬，多的幾千萬，那如何是好？慢慢地，我理解到，藏家其實是藝術家的贊助人。我們在收藏作品的時候，除了滿足自己以外，也是在幫助藝術家維護他們的生活方式，幫助他們專注於他們自己的理想國。

我收藏的條件也就演化成：喜歡作品、喜歡人、價格能夠承擔。這三個條件同時滿足，我才會收藏。因此，我得深入了解藝術家的生活、思想，以及他們的價值觀。

藝術家們都很有意思，他們也有許多共同點。比如，他們都極其「自戀」，不管是真的假的，他們首先是被自己感動了。他們的生活總是在理想和現實中搖擺——但很明顯，他們喜歡生活在夢想裡，不擅長現實生活中的柴米油鹽。作品是他們內心的投射，他們通過藝術作品來完成自我的表達。

有位大師擅長大畫，他的作品大都以黑色為主，且多為悲劇題材，很震撼觀眾。有一次，我跟他一起候機，發現為保險起見，他們一家要分別乘坐兩個航班。他對世界如此悲觀，是不是正因如此，才激發他畫出了偉大的作品？

還有一位雕塑大師，思想和性格都特別有力量。我買過他的小型作品，但當他的一個大型雕塑在我家院子裡豎立起來後，我才真正感覺到他作品的那種氣勢：傲然，有力，堅定，自信中透著些卑微和虔誠，充滿了對自然的尊重和敬畏。

有位著名的搖滾歌手，除了偶爾搞雕塑，還創作油畫。我收了一幅他的大幅油畫，回來後發現很難掛，因為他的畫跟他的歌很像，特別有性格，調侃中帶點痞性，濃豔中帶著批判，那種大膽和率真躍然紙上，但很難和環境融合。不管是歌還是畫，都是他的表達。

有一天，有位著名藝術評論家發了一篇傅柯談生活藝術的文章給我，裡面有一句話：「每一個體的生活難道不可以是一件藝術品嗎？」一語點醒夢中人。

是啊，技巧已不再重要，表達形式已不再重要，藝術作品其實是藝術家形而上的形而下表達而已。有思想的藝術家，才能夠創作出有思想的作品，偉大的靈魂才會誕生出偉大的作品。

而他們的生活本身，也是他們的作品。

既然杜象隨手拿來的小便斗，簽上名就可以讓它成為一件藝術品，那麼每一個人的生活本身更應該是一件藝術品。傅柯說：「從自我不是給定的這一觀點出發，我想只有一種可行的結果：我們必須把自己創造成藝術品。」

這就是我在附庸風雅的探索途中得到的意外收穫。在這樣的思想指導下，我的生活也發生了一些變化。

我們上海辦公室是租來的。原來是一個非常破舊的老房子，租期也很短。幾年前入住的時候，也算是認真收拾了一下，但總覺得有很多可改進之處。比如，我書房和陽台的前面有一扇門，還有一扇可以完全開合的落地窗。我覺得空間太散了，於是將門封起來。這樣調整後，書房的空間就完整了，陽台的私密性增加了，還多了一面可以掛畫的整牆。儘管是租期很短的房子，但為了完美，我還是要不厭其煩地調整、修改，直至自己滿意為止。

對待生活的態度，不在於天長地久，不在於千秋萬代。如果把生活當成一件藝術品，就應該把握當下的每一種可能，做到盡善至美。這裡不存在商業的盤算，人情的練達。在力所能及的範圍內，創造出自己滿意的生活來。不是等待，不是幻想，而是生活在當下。

由於工作的關係，我經常出差。俗話說「在家千日好，出門一時難」，出差還是很累、很辛苦的，為了讓差旅生活不那麼枯燥、無聊，我給自己準備了一些簡單易行的出行錦囊。

菲力浦·斯達克（Philippe Starck）設計的無線耳機，除了可以在飛機上聽音樂，還可以接聽電話。有時候用 iPad Pro 看連續劇可以聽伴音，即使去上洗手間，這個距離藍牙也不會斷。

精選小包裝茶葉或者袋泡茶，都是平常我喜歡的茶葉，在飛機上或者到了外地，拿出來簡單沖泡，可以享受到美味精緻的茶水。我最喜歡的是一種叫茶祖的老樹袋泡茶，茶葉品質好，沖泡容易。

除了茶，我還隨身帶一個小香插，一盒短枝沉香。到了住的地方，熏一支小香，旅途勞頓立馬就消去了，萬事美好。包括洗髮水和沐浴液，也是帶上平常喜歡的牌子，純精油調配出來的味道，能夠給感官非常美好的信息，令人一下子覺得神清氣爽。

這些生活小細節，對我來說花費得起，也不會帶來額外的負擔，卻讓我精神上很愉悅，更熱愛生活，好好工作，好好做事，好好待人。

無須刻意而為之。我將生活看作自己的作品，堅持將生活的美學貫徹其中。

至於事業，我已經創立和共同創立了三家納斯達克上市企業，每一家市值都超過了十億美元，再去創業實在沒有挑戰啦，但假如我手裡的企業，被我做成行業裡的全球第一，這個才有點意思。

我已不再需要通過事業證明我自己，更不必通過事業積斂財富。做一些我沒有做過的，不斷地突破自我，以面對不確定的未來，這才是我對事業的態度。事業是我生活裡不能缺失的一部分，可以讓我保持一種不斷學習和思考的狀態，可以不斷挑戰我的智慧，可以將我的價值觀付諸現實，可以改善相當大數量人的生活。事業增加了我人生的醇度。

當明白生活即是藝術的時候，我想做的就是不斷地去做自己沒有做過的。已知的我已經知道，未知的才是我想知道的。再次引用傅柯的話：「在生活和工作中，我的主要興趣只是在於成為一個另外的人，一個不同於原初的我的人。」

佛說，佛在你心中，眾生皆具佛性。

我繞了一大圈去尋找藝術，尋找藝術家，最終卻發現，原來我們每個人都是藝術家，每個人的生活都是藝術品。

生活即是藝術。我們要將自己的一生當成一件最獨特、最重要、最昂貴、最優美的作品來創作。

二〇一六年二月十五日

# 生命的真諦

請靜下心來，盡量跟我一起想像現在我感受到的情景：窗外的群山、流雲、落葉、小黃花、薄霧、樹、迷迭香、石頭的建築、玻璃窗裡的影子、遠處的燈火、壁爐的輕煙……

它們已存在不知多少個世紀。當我凝望這些事物發呆，恍惚中，不知今夕是何年，何年是今日。人類的一切糾結、掙扎、明爭暗鬥、爾虞我詐、爭名奪利、豐功偉業、愛恨情仇、活色生香、杯弓蛇影、使命和酬應……都在這凝視裡淡去、飄走，有的只是眼前的虛幻，抑或當下……

人類這樣子生活了很多年。在我之前，有許多人在這樣的當下生活過；在我之後，還會有許多人這樣生活著。

在這個恍惚的時刻，我不禁自問到底有沒有來生，還是只有這一輩子？我生有涯，如何將有限的時光花在那些值得花的事情上？

我從小受的是正統的教育——唯物論，還夾雜著許多意識形態的東西。成長過程中，一股野蠻魯莽的生長力量讓自己一味地向「上」奮鬥、努力，根本不信一切唯心的東西，覺得那些都是蒙昧。但在幾乎窮盡了一切可能的唯物後，在看盡了人間的許多風景，歷盡了許多事業的艱辛和成就，閱過了眾多的人事物後，我不禁問自己，我是不是同樣掉在唯物的蒙昧裡呢？

這幾年，我讀王陽明的心學、佛教的覺悟方法、老子的《道德經》，又再看尼采的權力意志、叔本華的生命意志、海德格的存在主義、傅柯的生存美學……好像一以貫之，都是唯心的理路。而且，我的內心似乎跟這些「唯心」的觀點更加合拍一些。

打開唯心這扇窗後，我發現自己越來越向著「心」的方向發展和演變，更多地去閱讀佛教尤其是禪宗的書籍。我開始打坐，開始重讀王陽明的《傳習錄》……

但對於來生，我還是不甚明瞭，不甚確定。從最初的0%到如今的60%以上，雖苦苦尋覓、考據，還是不甚有把握。不過沒關係，就像我很久前寫的一篇名為「生命中的兩種假設」的文章一樣，我也可以假設生命有兩種可能性：一種有來生，一種沒有。

假如有來生，不管是按照佛教的因果報應，還是量子力學的量子糾纏，都應該揚善避惡，讓有限的生命陪伴生命中的所愛，不能也不該為了一時的歡愉，傷害他人、他物；反之，應該盡量創造美好，造福萬物。那些算計和虛榮都是虛妄，毫無價值，毫無必要。所有的糾結和掙扎毫無意義，不過是自尋煩惱。法自然，順自然，不仁不德，不偽不妄，至簡而不淫物。

假如沒有來生，只有這一輩子，人更應趨善避惡，不作惡，不蹉跎，順從內心，做自己。將僅有的時間花在那些值得花的地方，將時間、智慧、物質跟身邊有緣、相愛的人分享，與他們共度美好生活。

回頭想想，我曾把那麼多的時間浪費在那些無聊、無意義的事情上！那些沒有必要的應酬，那些不相干的人，那些沒有意義的局，那些原本可以陪伴我至愛的無聊時光……

我生也有涯，而美好無涯。當我離開這個世界，應不後悔，不遺憾，不感到人生虛度。值得我珍惜、令我不悔的一定不是那些名、利、虛榮、成敗。最有意義的一定是順從我的內心，活過，愛過，創造過。

年輕時思考生命的意義（意義是由客體定義，主體只有過程的意義。對於個體而言，生命無所謂意義，只有過程和當下），前幾年體察「求真、至善、盡美」，如今我體悟到，不管有沒有來生，人的一生都應該「真實、善良、美好」（這一點類似於王陽明的「致良知」）。

我只是這個世界的過客。不管會不會回來，我沒有理由自大，也沒有理由自卑。我不害怕失去，也不喜樂得到。我不必慌張地抓緊感官的歡愉，也不必自尋煩惱，糾結在思想的循環中。不回來是順道，回來是因緣。

眾如斯，皆如斯，恆如斯。萬物由心，心隨萬物；一歸萬物，萬物歸一。

二〇一七年一月十七日

# 仰望天空和腳踏實地

年輕時，尤為喜歡毛姆的《月亮和六便士》。書裡的主人公「和許多年輕人一樣，為天上的月亮神魂顛倒，對腳下的六便士視而不見」。月亮象徵著一種美妙的精神境界，而六便士這種小面額硬幣代表著世俗的蠅頭小利。

那時，我也是如此，為天上的月亮神魂顛倒，對一切理想主義的東西感興趣：草地上的詩歌朗誦、羅曼．羅蘭的《約翰．克利斯朵夫》、尼采的哲學、沙特的存在主義……我們在物質上可以說什麼也沒有，也沒什麼物質追求，但精神的富足平衡了物質的匱乏。

後來踏入社會，下海經商，數次創業，跟那些理想主義的東西越來越遠，偶爾酒酣耳熱之餘，仰望天空，想想當初的理想，對比當下的現實，感慨萬千！因為理想主義者柔軟而細膩的內心，在冷峻的現實中不但毫無優勢，反而容易受傷。

人到中年，內心平和安靜下來，那些理想主義的東西又浮現出來。正像月亮，雖然烏雲會遮住她，但她依然在那裡。回顧自己的過往和實踐，正是大學時代那些理想主義（形而上）在現實中的實驗和表達（形而下）。沒有當初的高遠，我不一定能走這麼遠，可能會陷在物質的泥潭裡，不能自拔；可能會掉進世俗的溫柔鄉，麻木不仁；也有可能會被內心的自尊蒙蔽，在虛榮和自我中耗盡一生。

這幾年，我也接觸了一些搞文化藝術的朋友，他們都是一些特別理想主義的人，那種理想勁兒跟我大學時代很像。在現實生活裡，有些依然堅守純粹的理想，有些憤世嫉俗，有些成了極端的人。當理想主義找不到出口的時候，激烈和極端就變成了某種自我傷害。我很普通，也比較幸運，我所經歷的磨礪反而使我更平和。在當下，即使很多理想依然找不到出口，我也依然認為應該往美好的方向去奔，而不僅僅是諷刺、批判和否定。曾經我們憑藉「破」的力量和勇氣，讓這個國家和民族走出了漫長的陰影和禁錮。到了今天，仍然有許多地方需要改進，需要突破，但這個時代最需要的是建設的力量，是創造的力量，是讓人民生活得更加美好。

卡夫卡在《午夜的沉默》中說：「人要生活，就一定要有信仰。信仰什麼？相信一切事和一切時刻的合理的內在聯繫，相信生活作為整體將永遠繼續下去，相信最近的東西和最遠的東西。」

我堅信，人能夠信仰一點什麼比什麼也不信仰要好。

到底信仰什麼，沒有那麼重要。所有的宗教都標榜自己是終極真理。也許它們只是終極真理的一個方面；也許在信它們的人那裡，它們就是終極真理。不管怎樣，宗教帶給人的平靜、安寧、和平、善良，確實讓許多人的內心得以解脫，獲得撫慰，讓普通人能夠從世俗的生活中瞥見靈性的光輝。

不僅宗教如此，對企業理想的信仰、對夢想的信仰、卡夫卡說的「相信最近的東西和最遠的東西」都是一種信仰。

理想、信仰就是毛姆所說的月亮。只有月亮而不顧及六便士的生活是無法美好的。實際上，東方哲學的「中庸」、「執中」，跟西方的辯證法一樣，說的都是萬事萬物要平衡，所有的極端都是偏執。我們可以在詩歌、小說中將理想主義發揮得淋漓盡致，但現實生活中兩者都需要。沒有理想和信仰，就沒有高度，走不遠，格局不大；沒有現實和經濟，理想的翅膀就容易折斷，掉在憤世嫉俗陷阱裡的可能性極大。

不管是「仰望天空，腳踏實地」，還是「月亮和六便士」，都沒有這一句來得生動：「可上九天攬月，可下五洋捉鱉。」鱉就是俗稱的「王八」。雖然不太好聽，但是話糙理不糙。

如果要想在商業上成就一番偉大的事業，就必須既能「攬月」也能「捉鱉」。那些日常中的瑣碎、精細、計算大概就是「捉鱉」這一類吧，而對理想和信仰的執著，則屬於「攬月」的範疇。

熊彼得說：「資本主義的典型成就並非在於為女王提供更多的絲襪，而在於能使絲襪的價格低到工廠女工都買得起的程度。」織絲襪就是「捉鱉」，絲襪不再是女王的專寵，而是能夠讓女工買得起。在這個角度上看待企業的意義，那就到達了「攬月」的境界。

同樣是織襪子，觀念不一樣，意義也就不一樣。正像佛教所說，發心最重要。做事情的初心就是佛教所說的「發心」。

有了正確的「發心」，看清了意義，前行路中就會更有力量，也會得到更多的認可和幫助，才更有可能創造出「發心」裡的美好。

這也正是一個人、一個企業，既要能夠「九天攬月」又要能夠「五洋捉鱉」、既要「月亮」也要「六便士」的原因。

二〇一八年二月四日立春

於新加坡

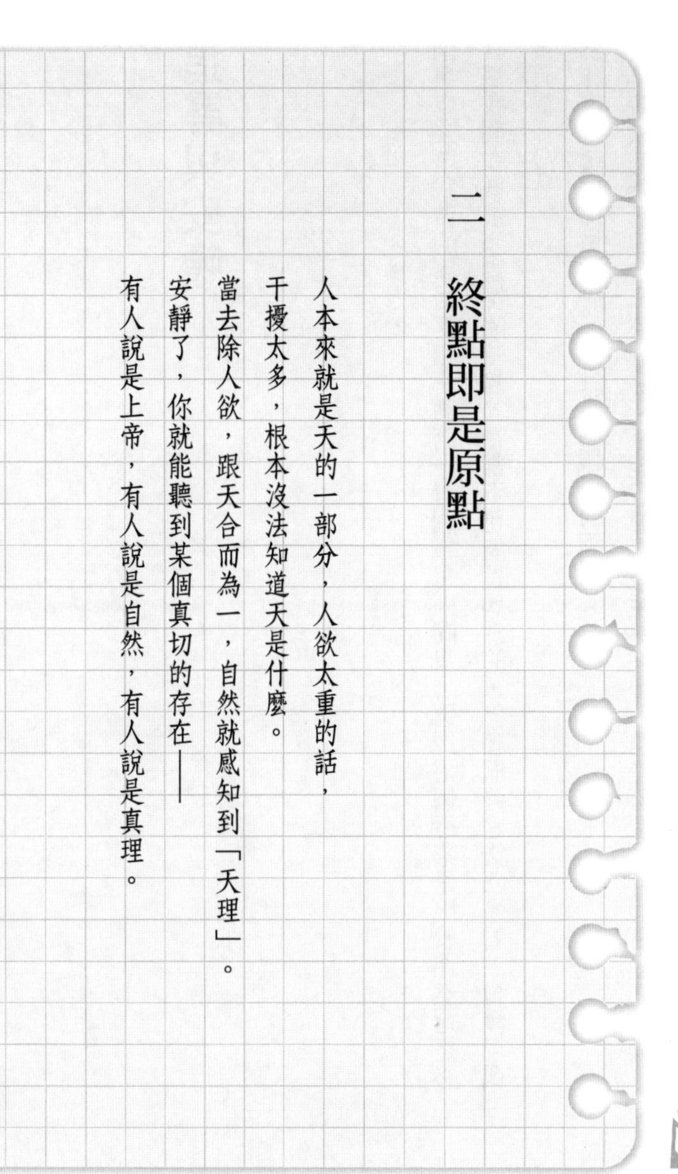

# 二　終點即是原點

人本來就是天的一部分，人欲太重的話，干擾太多，根本沒法知道天是什麼。

當去除人欲，跟天合而為一，自然就感知到「天理」。安靜了，你就能聽到某個真切的存在——

有人說是上帝，有人說是自然，有人說是真理。

# 追尋與安頓

創業以來，我做的事情都和「酒店」有關，有人問我，選擇這個行業是出於偶然還是必然？其實我們在做很多選擇的時候，在當下可能是偶然的，但經歷過之後回頭看，會發現偶然背後有很多必然。

為什麼我會選擇做酒店，並且是高標準的酒店？

我小時候的生活很苦，住的房子不能說看得見星星吧，但也差不多。外面下雨的時候，家裡也會下。冬天根本睡不暖和，薄薄的被子上要壓很多衣服保暖。除此之外，爸爸媽媽整天吵架……沒有什麼能讓我有家的感覺。因為我有這麼痛苦的童年，我自己做酒店後，就希望通過我的努力，讓不在家裡的人能有家的感覺，這個家是安全的、可靠的。我一直有這種情懷或者說理想在。

我想，中國大部分企業家都有自己的情懷，只是表達方式不一樣。這些人的情懷，可能超越了人類本身的一些東西。我們自己本身內在有痛苦，我們想脫離它們，但這個過程，是通過超越自我的局限，去實現我們的理想。

時間是理想的試金石。不同的人做同一件事情，當時間足夠長，你就會看出不一樣。比如，有段時間很多人從美國退市，搞私有化，我們那時候股票價格也非常低，而中國的股市非常好，但我沒有去做這樣的事，因為我創業不單單是為了財富。而且，退市、再上市會花我很多時間，有這個時間的話，我為什麼不花在產品的研發上？為什麼不花在團隊的建設上？我喜歡投資者而不是投機者購買我公司的股票。有沒有情懷，就會在這種事情上體現。那時候，我連一點猶豫都沒有。我不需要退市。ADS（美國存託股份）和ADR（美國存託憑證）概念炒得很熱的時候，我不為所動。

但我並不是一直這麼安心，安頓內心也需要漫長的思考過程。如果說現在的年輕人不睡覺了，晚上的時間都用來喝酒，那我會去思考。我會想，我的酒店會不會開不下去了？我是不是要去開酒吧？又或者，同行做了個好酒店，我會關注，去了解他們的產品，看看好在哪裡。潮流的改變，客戶的改變，這些才是我關注的。

我們都是凡人，喜歡喝酒、喝茶，喜歡日常生活的享受。但我們還應有更高的追求。追求的高低決定了人或者企業之間的差別。

但最大的差別或許是看不見的，那就是內心的安頓。

二〇一八年三月二十日

# 萬物是心的映射

今年清明，我回老家如東掃墓，滿目物是人非。

我見到了很多小時候一起玩耍的同學，有些照理應該很親切，但實際給我的感受卻是陌生、遙遠。過去他們身上有的淳樸和天真，那種兩小無猜的感覺，現在蕩然無存。回想童年，那些人是那麼可愛，可是看到他們現在的樣子……很難將想像中和現實中的人聯繫起來。記憶中，我的鄰居們也很慈祥、友善，現在呢？不曉得是他們變了還是我變了，他們看起來似乎很漠然，笑容也很客套。所有生動的東西都在消失。

我之所以現在很少回去，就是怕這種種現實肆意破壞留存在我童年裡的那些美好的東西。

我們對人、對環境、對別人的看法，實際上是內心的一個映射。那麼當下的我，是不是也變了太多？當我們天真爛漫、單純無邪的時候，我們看別人也是通透的，看世界也是單純明朗的。當我們變得老成，變得好像對這個世界更了解了，我們看這個世界的方式，也換成了一種成年人的世故、經濟的眼光，自然，看到的世界就變樣了。

用哪種眼光看見的世界才是真實的呢？可能兩種都是。當你有一天超脫的時候，可能出家、皈依了，看這世界又會是另外一個樣子。當你懷著欲望，懷著成功的野心，懷著賺錢的想法，看這個世界就到處都是機會，到處都是目標，到處都是成就。

我就是這麼一路走過來的。內心是什麼樣的，看這外面就什麼樣。人越豐富，就越能看到更多的不一樣。

此刻，我在這春日的庭院裡寫這篇文章，風輕輕地吹拂，樹輕輕地搖晃，草兒嫩綠，櫻桃樹馬上要結紅色的小果子……這些美好的事物曾被我無視，儘管它們就在我眼前。但我現在能夠看見它們，能看到萬物鮮活的喜悅。

二〇一八年四月十五日

# 打坐的藝術

打坐是我現在生活的一部分，而我開始做這件事有一個因緣。

如家私有化的時候，我在糾結要不要跟另外一家去搶。如家承載著我太多的情結：它是我創始的，也是我的競爭對手。但是首旅那些領導都在——當初如家就是跟首旅合資的，對他們來說，如家特別重要。我就此陷入情感糾結。

一般來說，我在商業問題上很少糾結，總是很簡單，很直接。但在情感上，我時常感到矛盾。這個矛盾讓我當時特別難受。那陣子，有天我一個朋友說，季琦，我認識一位很好的方丈，他正好到上海，你見他一下。當時其實我不太想見，我跟他們不太會聊，但心裡很煩，就胡亂答應了。見了面之後，我們也沒講什麼事，他說「我們打會兒坐吧」，於是我們倆就打坐。

那是我第一次真正意義上的打坐，持續的時間不長，二十分鐘左右，但腦子裡一下子特別簡單，特別純粹，特別清楚，煩惱一掃而空。原先看南懷瑾的書的時候，我試著按附錄上的七支坐法盤過腿，嘗試呼吸，但從來沒有過這種感覺。我不知道是他教我的方法得當，還是他的氣場影響了我，讓我到了一個非常美的境地。

因為打坐，如家那個煩惱沒有了。再回頭想這件事，就變得很簡單。我不搶如家，對我沒有大的影響，但搶的話，可能會失去全部的朋友。我們兩家將全面開戰，因為如家管理層肯定不願意被我們收購。腦子一旦清晰之後，做決定就很快了。

我用的打坐方法是七支坐法。一般打坐是雙腿盤，但我不用雙腿，那樣有點難受，注意力會被腿的痛苦帶走。打坐的姿勢要讓你覺得舒服，不要讓身體打擾你，如果腿的感受打擾你了，那得不償失。也因此，腿的功夫要先練好，才能心無旁騖地打坐。現在我用單腿打坐能持續一個小時左右，用雙腿大概能持續一刻鐘。打坐時氣守丹田，先調勻呼吸，到最後不要注意到呼吸，關注點若有若無地放在丹田的位置。如果腦海裡有很多想法，就讓它們流過去。不要去抵抗它，也不要去跟隨它。

我幾乎每天都打坐，每天睡前我會在臥室裡打坐四十分鐘左右。這是除了鍛鍊身體之外，我一直在堅持的事。有時候太累了，打坐會容易睡著，那就直接睡覺，但這種情況不太多。有時候出差，和朋友出去喝酒喝到十一二點，喝完也不適合打坐，精神容易渙散。白天比較閒的時候我也會打個坐，二十分鐘左右，讓自己放鬆。

打坐的時候，在放空、安靜之後，可以把平日裡困擾的念頭引過來：要不要跟某個人結婚？要不要收購這間公司？那時形成的第一個直覺往往是對的。打坐的時候，人的大腦可能是最接近自然的狀態，是人欲最少的狀態。這時把人欲放進來，一稱，就稱出來重量。王陽明說「去人欲，存天理」，我的理解是，人本來就是天的一部分，人欲太重的話，干擾太多，根本沒法知道天是什麼。當去除人欲，跟天合而為一，自然就感知到「天理」。安靜了，你就能聽到某個真切的存在——有人說是上帝，有人說是自然，有人說是真理。

二〇一八年四月十日

# 審美的最高境界是平衡

華住有國際化的戰略，國際化的過程中勢必會遇到東西方審美的碰撞。美學是價值觀在視覺上和體驗上的呈現，東西方美學各有特徵，但不管東方還是西方，總有一些核心一致的價值觀，所謂大道相通。

我的竹苑，不管東方人還是西方人都很喜歡，它的風格達到了東西方審美的一致認同。我在法國有套房子，中國人很喜歡，法國人也很喜歡，也是類似道理。我一直嘗試著呈現東西方兼容的審美，而不是完全用東方或者西方的東西。

我們馬上會在新加坡設一個總部，建築本身是一棟黑白屋，這是一種在熱帶殖民區獨有的結合英國「都鐸式」建築風格和當地風格的獨特建築。在那裡我可能會選一件隋建國的「中山裝」，再選一件英國雕塑家東尼・克雷格（Tony Cragg）的作品放裡面——東尼・克雷格的東西很抽象、平衡得很美。這樣東西方就會有一個對話：東方很具象，西方很抽象，於是場景就變得有趣了。室內的話，我可能會擺一幅周春芽的《綠狗》。周春芽的這個系列非常中國，那些狗要麼很可愛，要麼充滿了欲望——中國式的欲望，不管中國的藝術家、企業家還是老百姓都有的那種欲望，那種張揚。同時，我可能還會選一些西方的畫，像費舍爾的，抽象的，或者是扭曲的具象。我還想找一些新加坡當地的藝術家的作品。這樣的環境是我所追求的，它既不是東方的，也不是西方的，在形式和審美上是全球化的，但在每個局部裡有自己的表達，而且是並不突兀的表達。

美讓我們心情愉悅，覺得很舒服，但這種舒服不是欲望。欲望是「形而下」的東西，美是「形而上」的，是很精神層面的。審美這件事純粹讓你看到了超越自身所處現實的東西。當我們看到櫻花的美，會感歎：「哇，真是太美了！」因為我們現實的生活裡沒有這樣的東西，而櫻花的「表達」一下子擊中了你。

所有的美都是超越現實的表達，而審美是與這種表達的對接。如果你有欲望，那就不是審美，而是體驗，是感官的享受。當然這二者沒有對錯高低之分。人正好是介於神和動物之間的一種存在，既有動物性也有神性。很多人覺得神性特別好，只往神性上跑，我倒覺得既然身為人，充分享受二者才是最好的狀態。做神的時候享受哲學、藝術、音樂這些精神、靈性的東西；做動物的時候享受酒精、美食、性愛這些肉體的東西。這又何嘗不是一種平衡呢？

二〇一八年四月五日

# 宋朝的優雅和奢侈

在我心中，美有百種，但優雅為上。優雅既不像豆腐西施那樣風情萬種，也不像林黛玉那樣嬌弱風流，而應該在豆腐西施和林黛玉之間找到一種平衡。過度的東西是不優雅的。人是如此，設計亦然。一個設計師太彰顯自己的個性，設計出來的東西就不優雅；經過仔細的考慮、平衡，做出來的設計才能優雅。優雅是淡淡地超越現實，是隱，是含蓄。在《紅樓夢》裡面，薛寶釵就很優雅，她平衡得很好。

最近我在看宋朝的相關歷史、文化，我想打造一個頂級的酒店，想從宋朝的生活美學裡汲取營養。我看到這樣一個故事。北宋有個權宦叫童貫，家裡做包子分工明確。包子裡有餡，餡裡有料，不同的料都有人專門做。有個女孩專門負責切包子餡裡的蔥絲，其他什麼都不做。她後來嫁給一個男人，男人讓她做個包子給他吃，她說她不會做，只會切蔥絲。這種生活可以說糜爛，但我們從中可以看出宋人對生活是十分講究的。

看北宋趙佶的《聽琴圖》，皇帝跟大臣聽琴，旁邊點了一支香，那場景很優雅。在宋朝，人與人的交往也很優雅，即使在妓院裡，交往都以詩詞歌賦、琴棋書畫為媒介。沒錢你可以寫首詞，像秦少游；有錢也要和詩情畫意配合。宋朝雖然戰爭不斷，但是市民階層相對有錢，所以重生活享受，最終提煉出優雅的生活方式。

在我們傳統文化幾乎所有的領域裡，宋朝都達到了一個高峰。我們現在只知道明朝家具，但從畫裡可以看到，宋代家具的美學風格已經到了極致。明朝的家具其實是繼承了宋朝的美學，只是做了更進一步的簡化，而這簡化沒有改變宋朝的美學精神。除了家具，宋朝的書畫也很厲害，比如范寬的畫，米芾、蔡京的書法……

最後宋朝被一個野蠻民族、一個在審美上和經濟上弱於宋朝的民族打敗，十分可惜。中國所有的問題都是沒有考慮到外部環境的挑戰。如果純粹是一個封閉獨立的經濟體，它是沒有問題的，但世界並非這樣運轉。國家也好，企業也好，人也好，文和武都不能缺。文很強，沒有武是不行的。宋朝這麼強的經濟，照理說可以有很強的軍隊，但因為政策的原因沒有發展軍事，最後導致了它的滅亡。

審美有時候是種奢侈，甚至是跟死亡聯繫在一塊兒的。宋朝這種太極致的審美，太陰柔的力量，最終讓自己毀滅。這也啟示我，無論做人還是做企業都要掌握好平衡。華住以漢庭、全季這樣的酒店為基礎，在我們皇冠的頂上可能有一兩顆璀璨的鑽石，這就是我要的平衡。而如若全部由金子和鑽石鋪路，那我們的企業就有可能會變成脆弱的宋朝。

二〇一八年四月十二日

# 時間是人類的幻覺

時間的概念是人類發明的。當你還是小孩的時候，你有時間的概念嗎？沒有。你哭也好鬧也好睡也好，一切自然而然，你對時間的感知是很弱的。當我打坐的時候，我對時間的感知也是弱的。我可能打坐四十分鐘到一個小時，但感覺只過了十分鐘。

時間和真實的關係，就像語言和思維的關係一樣。語言限制了人類的思維，時間也限制了我們了解宇宙的真相。只有忽略時間，你才能知道時間外的信息，才能打開時間。

空間也是相對的——空間很好理解，愛因斯坦的相對論告訴我們，只要物體運動夠快，達到光速，空間就會發生改變。而當我們把時間軸打碎，將它壓縮成零，令其距離無限小的時候，只要足夠敏感，我們其實是可以感知所有發生的事情的。

打坐用物理來解釋是熵減或者熵不增。熵的概念是：在一個封閉的系統、一個容器內有很多分子，這些分子一開始都是有序排列的，它們可能排成一條直線，但在沒人管、沒有任何外力干涉的時候，這條直線會變成彎的、散漫的。我們小時候排隊，老師安排我們排好隊然後走開，我們就會開始說話、亂跑，讓這隊伍從有序變無序——這就是熵增。當你是個嬰兒的時候，非常有序，你有限的身體孕育了無限的可能性，不管是智力、身體，還是外貌——長大了可能長你這樣，長他那樣，長我這樣，有無限的可能性。而我們長大、衰老、死亡的過程，就是從有序到無序。死亡讓我們徹底無序：火化的時候，我們可能變成水分子、二氧化碳；而土葬時，我們可能轉變為其他的形態，以不同方式散落在這個宇宙中。

按照釋迦牟尼的觀點，輪迴其實是量子的輪迴，信息層面的不一樣導致我們變成不同的形態。信息組成這樣就變成你，信息組成那樣就變成我，有的變成石頭，有的變成樹。佛教的輪迴觀不是一個人的輪迴，是所有事物的輪迴，遵循熵增的原理。而打坐是一個熵減或者熵不增的過程。打坐的時候你要內觀，不為外界所影響，把整個思路集中在呼吸上。這個時候，你不去想所有讓你思維發散的東西，而將全部精力集中於一點，很純粹地關注這一點，讓身體處於歸零的、不發散的狀態。你只要發散，人就散了。人的意念對外界是有影響的，當你的意念是零，或者更準確地說，無限趨近於零、無窮小的時候，差不多就是入定的狀態，這個狀態是熵增最小的。

你如果嘗試打坐，然後達到了一個境界，就能感覺到時間是相對的，空間也沒有了。我打坐時是不知道身處何處的，也會忘記時間。忘我還達不到，但是忘記空間忘記時間是能達到的。當你的感覺發生了變化，時間感就會不一樣。

上次在雲南聽羅旭分享他入定的故事。他是一個很率性的藝術家，有一陣子他在外面釣魚，釣了一個月。有天下雪了，坐在水邊的他一下子抵達了一個境界，外面的這個世界忽然不存在了。他知道雪飄落在自己頭皮的某個角落，也能聽到很遠地方的一個人在說話，在用四川話說「那個傻子是不是死了」。聲音隔得很遠，但他聽得非常清楚。他到了三摩地，但他自己沒意識到。

打坐會讓人一下子進入另外一個世界，有了另外一種交流方式。但是這個交流跟世間是有連接的，且這個連接會變得很敏感。他在那兒坐了兩個多小時，但自己感覺就一會兒工夫。那個以為他死了的人從很遠的地方過來看他到底怎麼了，平常大概要走二十分鐘，但從那個人說話到來到他眼前，他感覺是剎那間的事情。我至今還沒達到這個境界。

自然而然，無為而為，可能就是打坐與冥想的精要。

二〇一八年四月十二日

Founder's Notes

# 地

# 一　我的十年創業路

日常的投資決策，對我來說特別簡單，

沒有什麼糾結的地方，

但是當情感和商業混合在一起，我就特別容易受傷害。

不是因為對方不投了，而是因為我有對對方的信任，

有對朋友的期待。

在我看來，對朋友就應該兩肋插刀。

注：此部分文章為作者二〇一一年對創業的反思的文章合集，二〇一八年四月作者對它們做了修訂並補充了四篇文章：〈第一家漢庭的故事〉、〈我的管理經驗和教訓〉、〈小鄰居和大鄰居〉、〈我的至暗時刻〉。

# 第一程：攜程

一九九九年，大學同學萬輝介紹我認識梁建章，那時他在甲骨文公司（Oracle）工作。我們閒來無事經常在週末出去旅遊。有一次，建章從美國看女朋友回來，心情很激動，說美國的互聯網公司正如火如荼，我們是不是也一起搞個試試。當時，我自己經營一個小公司，掙點小錢，但不管怎麼努力也做不大，正琢磨著如何實現高遠的志向呢。於是，我們一拍即合，當即決定創業。又拉來了從事金融的沈南鵬（巧得很，南鵬也是萬輝介紹認識的）和從事旅遊業的范敏。大家志同道合，一起開始了創業：攜程旅行網。

當時，創業的主要動機就是想借助互聯網的浪潮，多掙點錢。當然，其中也有理想的成分，想要做點什麼來證明自己，想要成就一番事業。也就是說，這是四個不滿現狀、有些莽撞的年輕人被趨勢所刺激，還帶些理想主義，追逐財富夢想的平常的創業故事。

商業模式也沒有什麼石破天驚的創新，只是仿照美國億客行（Expedia）的模式，先從內容開始，然後靠訂房、訂票獲取利潤。

那是個憑著一份能夠講得通的商業計畫書就可以融到錢的年代。我們的商業計畫不如入口網站那麼激動人心，但憑著我們四個還不錯的資歷，拿到風險投資還是可以的。第一筆錢是具有遠見的ＩＤＧ投的，而且從此開始，他們一口氣投了三個我參與創辦的企業：攜程、如家、漢庭。這不能不說明，在瘋狂的年代，依然有聰明人和明白人。

公司從賣景點門票開始，到零售旅行社的團隊保價，嘗試過幾個盈利模式。當時旅行社、機票代理都很厲害，不一定看得上我們，接觸了幾個訂房公司，規模倒是不大，也在盈利和規模化之間掙扎。我們利用互聯網這個好概念，吸引了部分行業菁英。千里馬軟體的鄭南雁、商之行的吳海和他的團隊就是這麼加入的。之後通過互聯網的高溢價，我們購併了當時最大的訂房公司——現代運通，王勝利就是在這次購併時加入。攜程從此走向了以訂房為主的業務模式。

我們幾個創始人，始終堅信做企業一定要賺錢，光靠點擊率和風險投資的錢來維持企業是不靠譜的。這也是我們從公司一開始就拚命尋求盈利模式的原因。在碰上互聯網泡沫破滅的時候，我們誤打誤撞上了「滑鼠加水泥」（互聯網—訂房中心）的模式。風險投資的最後一筆錢救了我們的命（包括凱雷和ＩＤＧ），使我們能夠支撐到盈利的那一天，然後再上市，實現輝煌。

有人說VC（風險投資）和PE（私募股權投資）這些投資人都是吸血鬼，貪得無厭，有些人對投行等仲介機構印象也不好。這裡，我想借機說一下我的觀點：商業是一條有機的價值鏈，所有的環節都有它存在的必要性，利潤分享和共存共贏也是必須的，不存在誰好誰壞的問題，關鍵是心態。有些創業者患得患失，總感覺別人占了便宜。在融資的時候到底如何定價，沒有固定的標準。雖然有現金流貼現、PE或EBITDA倍率等技術方法，但許多時候是靠雙方的感覺。上市定價也是一樣，共贏、長期、穩定發展才是根本。

關於泡沫，許多人也是批評、詬病較多。實際上，聰明人借助泡沫可以做好多事情，比如融資、網羅人才、免費吸引眼球和關注等等。

泡沫的時候，融資一定作價不低，再精明的投資人也很難抵禦泡沫帶來的衝動和瘋狂。他們離股市更近，更容易受到股市起伏的影響。泡沫中能否拿到錢，可能決定了企業的生或死；泡沫中也必然得到高估值，創業者是不會吃虧的。

像互聯網泡沫，曾吸引很多人投身互聯網事業，有些從外企出來（像建章和南鵬），有些從國企高位下海（像范敏），沒有泡沫的「煽惑」能行麼？我看比較懸。

不管是互聯網泡沫還是房地產泡沫，都是大眾和媒體關注的重點。借此推廣自己，增加知名度和曝光率，何樂而不為呢？攜程網在互聯網泡沫中雖然不及入口網站出風頭，但也風光不小，是媒體關注的焦點之一。

如前文提及，攜程的創業中，我們始終堅持任何商業機構都要掙錢，因此苦苦尋求盈利點，從賣門票到賣旅遊團，再到酒店訂房。我們在一九九九年就有了自己的八〇〇預訂電話；二〇〇〇年確立了繞開支付與配送的酒店預訂模型；二〇〇二年就實現了盈利。

待到互聯網泡沫漸漸過去，資本市場開始回暖的時候，攜程第一個衝出去，二〇〇三年十二月在納斯達克上市，今天的市值將近六十億美金。

# 第二程：如家

攜程最後一輪融資正好處於互聯網泡沫破滅的時期，我們唯恐現金儲備不夠，融的錢比較多。因此，公司盈利後還有很多現金剩餘。公司決定尋找新的投資方向，讓剩餘的現金發揮最大的作用——這些現金的成本非常昂貴，都是通過稀釋我們創始股東的股份得來的。

當時，攜程的訂房量已有幾萬間了，我們對中國各檔次酒店的銷售狀況比較了解。有許多客戶反映攜程上便宜的酒店很少；在酒店方，賣得最好的一家經濟型酒店——新亞之星，不像其他酒店無限量供應客房，每天只能讓我們預訂幾間。從供求關係來看，經濟型酒店是一個市場的空白點。因此，公司決定開始投資經濟型酒店的嘗試，派我為代表進行探索。這也就是當初如家的由來。

一開始的商業模型是西方酒店聯盟的模式，利用攜程主推的誘惑，發展三星級酒店掛牌如家，硬體不統一，服務標準不統一，定價體系也不統一，但堅持品牌是一樣的。由於業主不同，實際上許多酒店掛兩塊牌子。這樣的盈利模式收入很少，品牌特徵不明顯。

在融資方面也不順利。記得我和南鵬在北京走訪了好幾家風險投資公司，都是無果而終。大家對這種小型旅館的模式不感興趣，大多數投資者一時半會兒也不可能看清酒店業的情況。

記得在IDG一次投資企業的內部聚會上，我們提出建議，希望投資者不要老盯在IT等高技術企業上，而應該在傳統領域做些嘗試。當時，IDG應該是將信將疑，抱著試試看的心態，又一次成為我們的第一輪投資者。他們投資我們，最關鍵的原因應該還是看重我們這批人——攜程的這個團隊，已經經歷了一些風雨，感覺還是可以成事的。

因此，要指望多數VC、PE投資者比創業者本人更了解一個行業，幾乎是不太可能的，尤其是一些新行業和創新、變革中的老行業。儘管現在許多投資公司都養了大批分析師之類的人才，但這些人從學校出來沒幾年，讓他們短時間內滲透一個行業是不現實的。那麼，最好的方法要麼是找到這個行業最頂尖、最優秀的人才來幫助甄別、判斷，要麼就是看創業團隊是否能夠成事，是否有獨特的競爭優勢，值得投資。

在接觸了國內幾家主要的經濟型酒店玩家以後，我們非常幸運地得到和首旅合作的機會。雖然當時也有好多人對和國企的合作不樂觀，但最後的結果卻出乎大多數人的意料。

究其原因，一是首旅的最高決策層，不計較眼前的小得失，而著眼於品牌投資和價值投資，對我們合資公司的管理層也充分信任，完全是市場化的機制。至今，我仍然感謝和欽佩他們寬廣的胸襟和遠大的視野。

二是和首旅的合作為我們爭取了時間。當時我說，我們的發展進程至少比我們自己從零開始，提前了一到兩年。今天看來，這一到兩年是多麼重要啊！甚至可以說是性命攸關的因素。要是晚兩年，莫泰、七天等連鎖酒店品牌迅速崛起，如家的先發優勢可能就喪失殆盡了。

通過首旅的四家「建國客棧」，我更加堅定了直營發展的模式，堅決摒棄了原來的聯盟模式，這也是如家能夠快速發展、快速盈利的關鍵。

在如家，我帶去了許多ＩＴ和互聯網企業的風格，其中有許多是跟我的創業夥伴學習得來的。

比如，在傳統行業引入風險投資。現在好像沒有什麼稀奇，但那個年代風險投資大多數學習矽谷模式，關心技術，尤其是ＩＴ技術，很少投資酒店這種傳統的行業。我們一開始就設計好，經過若干輪融資，最終上市，達到我們當初將多餘現金利益最大化的目的。

我還將互聯網行業「快魚吃慢魚」的提法帶到酒店業，宣導速度和效率，而不是按部就班，遵循常規發展的傳統思路。同時，引入許多現代管理工具和手段，包括ＥＲＰ系統、基於平衡計分卡的績效考核等等。

這樣的做法打破了酒店業的常規，開創了中國酒店業的一個新時代。

但是，天不遂人意，創業不久，二〇〇三年「SARS」開始了，恐懼籠罩著神州大地，也影響了一部分投資人。董事會決定停止新項目、裁人、減費用，這對我們整個團隊是一個非常大的打擊。我也經歷了創業以來最大的一次考驗和撞擊。正所謂「內憂外患」：內部由於不能完全認同部分董事的意見，許多創業元老紛紛離開；外部是不知道「SARS」將多大程度上影響到酒店的生意。

我認為，那時候投資人和我都是對的。這樣的危機從來沒有遇見過，沒人有經驗。太冒險了，公司就完蛋，無異於賭博。投資人考慮的是控制風險，我看到的是機會，可能考慮得相對長遠一些。但這樣的摩擦，還是為後面的分手埋下了伏筆。

二〇〇四年年底，離我們上市的目標越來越接近。董事會決定尋找職業經理人進入公司。大家看到孫堅的時候，都覺得是個不錯的人選。為人謙和、友善，溝通能力強，有連鎖經驗。公司過了草莽創業的階段，大家認為由職業經理人來領導更為合適。當時也有人建議我繼續留在公司，可以有個平緩的過渡。但由於前期大家的分歧，使我感覺缺乏尊重和信任，還是選擇了離開。

因此離開如家可以說成是：我離開如家，或者是如家擠走了她的創始人。

應該講，孫堅做得還是相當地不錯。在管理上，延續得很好，過渡比較平緩；在原來基礎之上又上了一個台階。我離開後的第二年（二〇〇六年）十月，如家成功地在納斯達克上市，現在市值在十四億美元左右。

# 第三程：漢庭

離開如家後，我並沒有想去做一個和如家競爭的東西。當時的想法是進行中檔酒店的嘗試，類似於早期雅高的諾富特（Novotel）和萬豪的萬怡（Courtyard），現在漢庭的「全季」和如家的「和頤」也是屬於這一檔。同時，我還對商業地產感興趣，在上海參與了幾個創意園區的投資，還購買了若干物業，想做如家加盟店。

現在看來，這些想法都非常超前。當時的情況也確實如此，中檔酒店過於超前，進入飽和運營的時間長，而最要命的是，適合開這類酒店的城市和地段不多，這樣也就很難規模化。第一個加盟如家的物業，運轉也不順暢，我也就斷了購買物業加盟的想法。再說自己這點資金，購買物業還不夠充裕，人的優勢沒有得到充分運用，槓桿放大效應也不強。

我苦撐了兩年，在二〇〇七年殺了個回馬槍，回到了經濟型酒店的市場中來。

這也要歸功於我的一個朋友吳炯。他問我，中國未來可以容得下幾家大型經濟型酒店連鎖？我說四到五家是至少的。他又問，中國有人比你更熟悉經濟型酒店行業嗎？我不敢說是唯我一個，但也是其中之一吧。因此決心回到這個行業也是情理之中的事。

重新做回經濟型酒店，輕車熟路，省去了彎路，直奔主旨。新起點，新高度：我們的產品更好，選址更加方便主要客戶，團隊更加強大和互補，股權結構的設計更加穩定，願景和目標更加高遠，公司發展的速度也是同行中最快的。

在產品設計上，不再用比較卡通和張揚的彩色色塊，而改為較為沉靜平和的溫馨風格；採用時尚簡約的獨立衛浴；光纖接入、雙網口、無線覆蓋公共區域的升級互聯網服務；房卡、會員卡、梯禁門禁的一卡通；不用退房的「無停留離店」；有利於頸椎的蕎麥枕頭；有格調的印象派油畫……和已有的經濟型產品相比，漢庭快捷儼然是老版經濟型酒店的「升級版」。

在選址上也和其他品牌錯開。他們主要是擴大網絡覆蓋，我們卻是要進入中心城市的中心位置，而且以長三角為主，逐步向渤海灣和珠三角發展。這樣在一開始就將最主要的經濟發達地區連成子網路，對商務客人來說比較方便。

在追趕已經強大起來的競爭對手的過程中，我們提出，RevPAR（每間可銷售客房收入）比他們高10％，營建成本一致，但經營成本比他們低10％的競爭策略。經過幾年的努力，我們的這個策略使我們逐步趕超了對手，成為行業精益管理的佼佼者。

漢庭的初創也是非常幸運，除了一開始和我一起創業的金輝、海軍、成軍等人，二〇〇七年加入漢庭的張拓、張敏也非常優秀。我曾經說，漢庭這個團隊完全可以和我們攜程當初的團隊相媲美。

在股權結構上，我們確保創始團隊的股份較大，上市後還有超過五十的比例。股權過於分散，不利於公司長遠的規畫，會傾向於近期和短期利益考慮。經過這幾年的創業打拼，我感覺酒店行業的企業有一個大股東會發展得更好、更穩定一點。柳傳志曾經也說過，公司要有主人。

漢庭創立初期，不再將上市作為目標，而是將上市看成是實現目標的手段。漢庭的願景是成為世界領先的酒店集團。我曾用一句話表達此次創業的理想：一群志同道合的朋友，一起快樂地成就一番偉大的事業。

在融資上也比較幸運，投資我們的大多數是熟悉的朋友，大家比較了解。尤其是IDG，周權在海南說過一句開玩笑的話：「季琦，你下一個創業公司我們一定投，你賣狗屎我們也投。」這句話是激勵也是鞭策，讓我感動良久。

也許老天偏偏要考驗我們，創業不久就碰到金融危機，實際業務影響不大，但資本市場一片蕭條。碰到這樣的事情已經不是第一次，我始終認為危機的時候是「買東西」（投資）

的好機會，因為價格便宜。不管是「SARS時期」的物業，還是金融危機時候的企業，價格都是最低的。在這次金融危機期間，我也做了這輩子最大的一筆投資——投資漢庭，我本人追加了許多投資，跟投資人一起投資漢庭。這既是我對漢庭的承諾和信心，也是一次很明智的投資。

利用危機，漢庭抓緊練內功，抓成本控制、員工培訓、IT系統建設……危機過後，漢庭是最早走出危機的企業之一。二〇一〇年三月，漢庭順利在納斯達克上市，目前市值超過十億美金。

# 第一家漢庭的故事

第一家漢庭，開在昆山。

那是在二〇〇五年，昆山火車站旁邊的物業剛好在招商。我們通過朋友關係把它拿了下來。

那時候還沒有高鐵，昆山的火車站非常非常小，物業過馬路就是火車站。整個樓是L形的，面積大概是一萬二千平方左右。我們把一樓都出租，其中一間租給豪享來牛排，拐角最好的位置租給了中國聯通做營業廳，回收了大概三分之一的租金。一樓也給我們自己的大廳留了一部分。二樓是餐廳，再往上就是客房。當時租金便宜，客房面積都很大，很舒服。

我們請來上海很有名的全築建築裝飾公司做設計和施工，但後來鬧得不開心，因為我修改了他們的很多設計。對方說，他們的設計從來沒有這樣被改過。

在設計過程中，設計師計畫使用很多大理石，但我覺得不需要，一是貴；二是施工、維護都麻煩；三是有輻射問題。我說我用不起，不要這些。檯面為什麼要大理石呢？乾淨、漂亮就可以了。然後他們一定要用實木家具，這也被我否決了。現在這一點已經沒有任何可以爭論的地方，但當時對方還不清楚我們的想法。

後來我想，是不是因為我當時已經做了兩個上市公司，對方大概會想，「你們公司是不是很有錢啊」，然後擺出了一個很厲害的「譜」給我們。

昆山在當時是三線、四線城市，我的想法是，如果漢庭在昆山沒成功，也不奇怪，那個地方當時沒有特別大的旅遊和商務的人流。昆山不成功，搬到上海可能就能成功了。但是一旦昆山成功了，那我就能放之四海而皆準。

當時做出這個選擇，我算是膽子很大的。我對酒店的理解特別自信。我是一個ＩＴ人，來到酒店行業，第一感覺就是——我們ＩＴ人來打破常規的空間實在是太大了。

行當裡流行的管理模式，是師父帶徒弟，進了行業就慢慢混，混到像我這麼大年紀了，興許能當個副總、當個老總。無論什麼時候，人們都喜歡論資排輩，甚至做五星級酒店的就自認比做三星級的高級。這在我看來是很不合理的。

當時的從業者，也不會去利用風險投資，更不太會用電腦技術去管理。客房裡，電話是免費的，無線上網卻是要收費的。那個年代，用客房電話的人一般都是些支付能力很弱的人，大部分人打電話一般使用手機。我想，我要倒一倒，在漢庭，無線上網全部免費。

傳統的酒店行業充斥著虛榮，充斥著官僚主義。在我看來，IT行業沒有這些。IT行業，從外表上看，就是T恤衫，短平頭。誰有本事誰上，你搞不定我來，整個行業不斷地被年輕人突破，年紀大的人甚至不斷貶值。

這種平等的價值觀、先進的管理理念和技術正是傳統酒店業缺少的。我做酒店，就是一個外行人把傳統行業解剖、解構，再重構的過程。對解構和重構的過程，我特別有自信。我認為基本上沒有什麼事情能夠在我的意料之外。

昆山的這第一家門店開業後非常成功。我信心滿滿，陸續在蘇州開分店，再回到上海。截至二〇一七年底，漢庭在全國已經開了二千二百四十四家門店。

# 三家企業的共同點

綜合起來看，攜程、如家、漢庭這三家企業有許多共同點。

第一，實際商業模式和最初融資的時候不完全一樣。

攜程從線上旅行社到訂房中心，如家從酒店聯盟到經濟型直營，漢庭從中檔有限服務到經濟型酒店。

關鍵是創業團隊的變通能力，不斷摸索和創新。如果守在當初不現實的理想模式裡，這些初創的企業可能都會夭折在搖籃中。當理想的模式在實踐中禁受檢驗的時候，我們要能夠敏銳地找到一條現實可行的道路，然後不斷堅持，擴大戰果，才能成就大業。

另外，投資者的信任非常重要，要能夠給你時間和空間來試錯和挪騰。因此找投資時要選擇了解中國市場的基金和團隊。

第二，基本每個企業都在三年左右成型。

攜程從一九九九年到二〇〇二年，如家從二〇〇三年到二〇〇五年，漢庭從二〇〇七年到二〇一〇年。

就像生長發育一樣，三年之中，這個企業的商業模式、團隊、框架、性格、特質、文化等基礎都長好了，後面就是進一步的生長。中國創業企業，三年是一個坎兒，三年內能夠達到一定程度，將來的希望就比較大。這是因為中國的創業企業成長速度比較快，仿效、跟進者眾多，如果沒能在三年左右的時間脫穎而出，就容易混雜在一堆同質的企業裡，平庸下去。

第三，都經歷過一次重大考驗。

攜程經歷的是互聯網泡沫，如家是「SARS」，漢庭碰上金融危機。

因為碰到危機，內部為了應對它調動出各方積極因素，將自己最優秀的部分調動出來，將自己的潛力逼到最大。危機成為我們成長的動力。就像高爾基的《海燕》裡所說，讓暴風雨來得更猛烈些吧！同時，危機也消滅或削弱了許多同行和競爭者，使得具備優秀基因的企業在危機過後更加容易生長。危機是對投機與否的檢驗，認真執著的企業才能經歷風雨而更加強大，而不是被泡沫淹沒，或者被暴風雨摧毀。

第四，都是企業家精神和專業管理者的完美結合。

攜程由我開局，建章奠定扎實基礎，范敏發揚光大，南鵬在融資、法律等方面絕對專業和優秀；如家是我奠定基礎，孫堅順利接棒；漢庭也是我開局，張拓、張敏加入和我一起奠定基礎，穩步到達今天的狀態。

第五，都是傳統行業再造。

攜程是傳統旅行代理升級為現代旅行服務公司。如家和漢庭都是傳統酒店業升級成現代酒店連鎖。這些也都是我經常宣揚的「中國服務」的代表案例。

# 我的管理經驗和教訓

我一直認為自己是個沒有受過正規管理教育的管理者。我沒有上過MBA，沒在哈佛讀過書，也沒有在大企業裡做過。大學畢業後，我在一個國企工作了大概兩年不到就辭職了。我是一個無拘無束、思維很開放的人。我曾經想，我這人可能管理不好一個大公司。

所以，當華住有了一定規模之後，我就開始尋找外面的管理者。當時理想的人選，最好就是像我們現在的CEO張敏這樣，哈佛畢業，學管理的，有外資企業的工作經驗。所以當時我「按住」所有華住的內部元老，而把外面的人請過來當CEO。後來發現，這是我犯的蠻大的一個錯誤。

請來CEO，我想，這公司應該沒什麼事兒了，我就跟朋友們遊山玩水去了。他呢，就看著股價、看著預算來運營這個企業。時間一長，企業缺乏活力，暮氣沉沉。有的管理者有技巧，但是他們缺乏對這個企業長遠的規畫和理解，缺乏背後的人文精神。後來，我只能重新回到CEO位置上，堅決改正我自己犯下的錯誤。那段時間非常辛苦，是以犧牲自己的身體健康為代價的。

實際上，像華住這樣的企業是兩種人都需要的。一種是像我這樣的企業家、創造者、攪局者——一個領導者。我本身是個很感性的人，帶一點藝術氣質，是非常隨性的那種領導者。第二種，是專業的管理者，像張敏就是非常好的一個例子。她受過正規的訓練，有大企業的管理經驗，人極其聰明，也熱愛這個企業，有情感在裡面。

這樣，她就和我在情感和理想這兩個層面，找到了共通點。在技能上面，她有非常好的訓練，我們彼此之間就形成了一個非常好的互補。但如果像原先那樣，我把事情全部交給管理型的人，這個企業不足以也沒有辦法去迎接挑戰，會被時代很快地淘汰。

# 小鄰居和大鄰居

做酒店這麼多年，我參與了大部分項目的選址和後期的改造設計。重要的專案，我都會親自去現場看。

最近我們正在改造上海延安路的一個物業，打算做一家全季四．〇。那裡位置很好，原先是個老牌自助餐廳——金錢豹，估計老上海人都知道。但是裡面的結構一塌糊塗，特別複雜。內部結構複雜，頂上還有三個球體，這種項目必須得自己去看，否則找不到感覺。

記得北京奧運會前夕，我們拿下了東直門的一個物業，打算在那裡開一個漢庭的門店。那個項目非常重要，是我們在長安街上唯一拿到的物業，總面積大概七八千平方公尺，租金特別高，大概是五塊錢一平方公尺，當時是天價了。業主說有個競爭對手，馬上就要簽約了。這麼貴的租金做這個項目，大家都吃不準。我得過去看一下。

有一天晚上，我直接飛到北京，凌晨到達工地現場，打開手機燈看，看完後直接去機場飛回上海。在現場，我就開始排房。那個地方，房間只能排得特別小，否則根本做不了。長安街那個地方，連外資的酒店都很少，漢庭開業後，一炮打響。

看酒店專案，第一，要看周邊環境；第二，在樓裡轉一圈，看看結構；第三，上樓頂看。

看周邊環境，是看這個項目未來所在片區的檔次。看大樓結構，涉及改造、排房。我最喜歡大平層，但很多樓不是這樣，裡面有很多隔斷，這個時候就需要做幾何題。在樓頂，就是看大環境。我們在新加坡有個項目，我和設計師周光明兩個人爬到十二樓去看。這時候，你才能看清楚車子的路線、周邊大的區域環境。在樓底，你看的是「小鄰居」，在樓頂，你能看的是「大鄰居」。

很多時候，你能讓合作方回報好一點，是因為你的品牌強，或者設計好，但如果你的做事風格太粗獷，你就沒有機會成功。

# 我的至暗時刻

在我的人生道路上，也曾有過如「至暗時刻」一般的危機。

第一次是在我大學二年級的時候。我以前家裡條件不好，到了上海上學，每天飯也吃不飽，晚上還得去自修，學習很辛苦。我覺得自己是個行屍走肉。所有的行程都是由外界安排好的。上課、吃飯、自修、睡覺，做這些事情，沒有我的自由意志在。我就想，我到底在幹什麼？我憑什麼過著這樣的生活？可是我找不到理由。

當時的我，跟周邊的環境也很難相融，也找不到自我。那大概是我第一次思考人生的意義，思考「人為什麼會活著」這樣的問題。

也是帶著這些困惑，我閱讀了大量哲學、文學書籍。現在看來，苦難會讓一個人追求靈性上的東西。宗教也是這樣，很多人都是在經歷了苦難之後，去宗教中尋找安慰。大學時期最終思考的結果，是人生無所謂「意義」：本體無法界定自身的意義，人生只有過程，只有經歷；對本體而言，無所謂意義。這個思考的結果，讓我覺得釋然。

我的第二次危機，是在如家經歷的。

二〇〇四年底，董事會尋找職業經理人進入如家，而作為如家創始人的我，離開了。當時一個董事說我是草根出身，管不好公司，公司現在要找職業經理人，需要受過西方教育的人。

這是令我特別傷心的一個危機，我當時甚至想：人活著有什麼意思呢？過去的夥伴、朋友，都在那個時刻離我而去，這讓我覺得找不到存在的意義。許多原來和我最緊密的人，都離開了，對我來說就像是對人生的一個徹底否定。那時候我不知道該和誰溝通，也不知道要做什麼。

所有的夢想都被一個很野蠻的東西破壞了，毫無道理，而我沒有回天之力。那個時候真的蠻黑暗的。這種黑暗我至今都不願多談。

這一次，是莫札特救了我。

當時我住在一個普通的居民區裡。有天晚上，我一個人出來散步，看著月亮從烏雲裡爬

出來。我喜歡看電影，經常在一個安徽老闆那裡買碟。那天晚上遇到他，他說，老季，這個CD好聽，剛到，你拿去。我說，我從來不買CD，我就買DVD。他說，老季，你不喜歡可以還我，你拿去聽聽。那套CD是莫札特精選集。

那套CD幫了我的忙。當我聽到莫札特第三十一號交響曲時，我覺得太美了。這種美讓我覺得人世間還值得。

莫札特的美，就在於和諧和執中，有一種奇妙的平衡感。他讓我感受到，這個世界這麼豐富、這麼純淨、這麼優雅。那是一種完全不同的精神層面的東西，一下子讓我從黑暗中走出來。

那時，我實際上還沒有離開如家，但已經知道要走。我下定決心還要再做一個公司，並且超越過往。

第三次危機，是做漢庭期間。漢庭早期的投資人，都是我的朋友。金融危機爆發時，漢庭剛好到了第二輪融資的時候。我一個很好的朋友，請我到興國賓館吃早飯。他說，老季，我們的基金這個時候不能再投了。

這對我來說是晴天霹靂。原本投資協定已經簽完，沒有什麼意外的話，投資是可以順利進行的。當然他有權利不投，但這對我打擊很大。

我容易把情感和生意混一塊兒。緊要關頭，當一個好朋友說「不好意思兄弟，這個事投不了」，我真的挺絕望的。

我如果是個純粹的生意人，大概不會有太多內心的疼痛感，你不投，沒關係，我趕緊找下一個。但那時我根本沒有任何想法，腦子裡一片空白，甚至連發怒或者責備他的心情都沒有。

後來，我決定把自己在如家的股票賣了，自己追加對漢庭的投資。

日常的投資決策，對我來說特別簡單，沒有什麼糾結的地方，但是當情感和商業混合在一起，我就特別容易受傷害。不是因為對方不投了，而是因為我有對對方的信任，有對朋友的期待。在我看來，對朋友就應該兩肋插刀。

每個人都有類似的「至暗時刻」，但我從黑暗中帶來了光明。

「黑夜給了我黑色的眼睛，我卻用它來尋找光明。」這些沒有將我擊倒的「至暗時刻」，促使我不斷思考、進步，最終成為我成功的動力。

# 中國服務

在中國，很多高科技基本是對歐美技術的應用，原創型的比較少，也相對艱難。這和中國科技投入太少相關，也和相關人才的缺乏有關，更和整個社會更注重短期回報、快速收益有關。

所以中國式的創新更多是繼承式的創新：借鑑歐美發達國家的商業模式，結合中國的具體情況，進行改造和應用。人類的物質、精神需求總是從低級到高級，從簡單到複雜。歐美的服務業先於我們的發展，已經經過了客戶的選擇。中國的服務業也大體會遵循他們的發展軌跡。因此，在服務行業，繼承歐美的成熟商業模式特別有價值；研究他們成長的軌跡和成敗的原因，對於我們這些後來者也非常有益。

在中國，過去的成功模式無非以下兩種：

一是低成本的「中國製造」；二是對傳統服務業的改造，將其升級為先進服務業，其中電子商務、先進管理、市場化機制都是升級的常用手段。

「中國製造」以低成本為最主要特點，在質量上「good enough（夠用就好）」，從勉強能用的一次性野餐用具，到精美的蘋果電腦代工產品，符合使用者的要求，一分不多，一分不少。談不上德國製造的雋永和耐久，也不同於日本製造的精巧和緊湊。

「中國製造」在過往造就了一批富裕的工廠主，給政府解決了部分就業問題，創造了大量稅收和外匯收入。這些製造企業綜合低廉的土地、廠房、能源、環境、稅收和人力成本，海量出口，換回了巨額外匯。在「中國製造」遍及全球的同時，也帶來了巨額貿易順差、環境污染和大批生存狀態堪憂的流水線民工。這些農民工的收入都很低，長期在單調、枯燥的流水線上工作，幾乎成了機器的一部分。富士康的十幾跳只是這些絕望的農民工的一個代表和縮影。

但「中國製造」已經到了其成長曲線的拐點，各種弊病暴露無遺。在當下的消費升級和審美重建的趨勢下，部分企業維持現狀，部分企業已經開始轉變形態，提高設計和科技成分，增加附加值。

當下的變革將會深刻地影響下一個三十年。如果說，過去的三十年，中國經濟的發展引擎主要靠製造業，未來三十年，「中國服務」將會取代「中國製造」，成為中國經濟的主要增長引擎。未來創業、投資、致富的機會，大多會在服務業。十三億中一半左右的中國人收入逐步提高的時候，為這些人提供衣、食、住、行、娛樂等增值服務，將會是未來中國服務業的主要構成。

在先進服務業，中國企業可以借助本土市場規模的優勢，獲取包括國際資本在內的投資。可以預見，風險投資、私募基金將會越來越集中到這些領域。先進服務類企業在美國，以及中國大陸、香港地區資本市場上的ＩＰＯ也會越來越多。

在與國際同行競爭時，我們可以借助地利，利用對本土消費者的理解，抵禦國際競爭者在品牌、資金等方面的先發優勢。

在服務和產品內容方面，做好對中國傳統文化藝術的重新領悟與運用，融合現代的藝術審美與生活要素，也必然是我們的競爭力的重要部分。

# 中國夢

所謂美國夢（American Dream）是一種理想：在美國，只要努力不懈地奮鬥，便能獲致更好的生活，亦即人們必須通過自己的勤奮工作、勇氣、創意和決心獲得成功，而不是依賴特定的社會階層和其他人的幫助。通常這代表了人們在財富上的成功或取決於企業家的精神。

處於高速發展期的中國，也給了大眾做「中國夢」的機會，尤其是當下的中國，特別適合創業、投資、致富。

究其原因，一是因為許多產業，尤其是服務業，長期被禁錮在體制內和政策內，沒有得到充分的發展，而且跟不上市場的需求。現在等於是開天闢地，產業整合和發展的潛力巨大。

二是經濟的長期高速發展，帶動了強勁的需求，而需求推動著市場，推動著企業。製造行業是供過於求，服務行業卻是需求遠遠得不到滿足。就像漢庭這樣的經濟型酒店，開一家，滿一家。

三是政府的鼓勵和推動。中央政府實行重商主義的政策，地方政府在招商上更是不遺餘力，在稅收、土地、資金等方面給予支持。

四是資本市場推波助瀾。一個個VC、PE、IPO的財富故事，是「讓一部分人先富起來」的生動樣板，讓大家心裡癢癢的。

五是龐大的人口基數，造就了全球最大的消費市場。而最大的消費市場，將會孕育全球最大規模的企業。

中國移動、工商銀行、騰訊、淘寶等已經是全球同行內最大規模的企業，這樣的情形將會在許多服務領域出現：電子商務、遊戲、旅行預訂、服裝、餐飲……當然也包括酒店行業。

我粗略地計算過，未來中國酒店業龍頭企業的規模應該可以達到上萬家，其中以經濟型酒店為主。這樣的規模，在未來那個年代，也將是全球第一。

至於中國服務企業如何走向國外，未必是自己到國外去開店、去發展，而可以通過購併的方式進行。中國的高成長，一定會在資本市場上通過高PE體現出來，加上世界級的企業規模、人民幣的不斷升值，中國企業未來購併歐美發達國家的企業會變得越來越輕鬆，實現的可能性將越來越大，成功的案例也會越來越多。

# 我的創業小結

從一九九九年到二〇一〇年，差不多十年的時間裡，我創立和參與創立了三個企業，在其中我都擔任了首任 CEO，並為之組建核心團隊、確立主要商業模式，它們最終都在納斯達克上市，目前市值也都超過十億美元。這樣的事情不多見，應該說也是做到一個世界第一了。

很多人問我，到底有什麼奧秘，能夠讓我這麼幸運、這麼順利。仔細想想，不是因為我特別聰明，特別能幹，更不是因為我是什麼天才。

首先，我們必須感謝身處的這個穩定的時代，感謝我們的祖國。這是真話，不是套話、空話。沒有改革開放，哪會有今天的市場經濟，哪會有我們這些企業的繁榮昌盛？國家的穩定、政策的開明，是企業賴以生存和發展的基礎。

其次，VC、PE、資本市場的支持，是我們這些創業企業能夠快速、超常規發展的助推劑。雖然他們也是抱著賺錢（有時候是想賺大錢）的想法來的，但在客觀上幫助了我們這些創業者。在我們沒錢的時候，給我們錢；在我們擔心風險的時候，和我們分擔風險；在企業還沒有盈利的時候，提供資金讓我們實現跨越式發展；在企業具備一定條件以後，在市場上放大我們的資產，讓許多人實現財富的夢想。可以說，沒有這些投資者，我在十年間做成三家企業是不可能的。

另外一個重要的原因是團隊。我參與的這三個企業的創業團隊和經營團隊都是一流的。我屬於典型的企業家類型，但不是一個全能型的人，更不是一個完人，缺點和優點一樣突出。如果沒有這些夥伴們的互補和接力，不會有今天大家看到的三家優秀企業。沒有他們，我自己做不了，我沒有這個能耐，即使有點小能耐，也沒有這個精力。

還有就是專一。在幾次危機中，為什麼我們總能逢凶化吉？我想主要是我們不投機，不是哪兒賺錢往哪兒跑。更不搞多元化，而是專注於自己的領域和細分市場。利用潮流，而不為之所左右，注重商業的本質。在漢庭剛剛開始的時候，有一家房地產公司改制缺資金，只要五千萬就能拿到50％的股份，幾年後大概可以賺到幾個億。我們當時看清楚了這個機會，但還是拒絕了朋友的邀請，專注於自己的酒店事業。做自己擅長的事，賺自己能賺的錢。

如果一定要總結出幾個我個人的特點出來，我想應該是這些特質促使我永不停步：敢於冒險、勇於犧牲、富含激情、良好的商業直覺、開闊的心胸、執著和堅持、不斷學習和反省。其中，學習能力是至關重要的。我從競爭對手、創業夥伴以及挫折和失敗中一直獲益最多。

# 創業帶給我的收穫

一般人以為，我十年創辦了三家十億美元級的上市企業，收穫最多的應該是金錢和名聲。我不會矯情地說，我視金錢和虛名如糞土。金錢確實讓我們實現了財富上的自由，從此不必為了生計而奔波，讓我們可以更加自由地去選擇。

但我最大的收穫卻不在於此。

做攜程，我實現了原先的財富夢想，沒有了生活的壓力，心態變得從容和淡定。

做如家，我經歷了太多的事情：忠誠、背叛、信任危機、欺詐和陰謀，甚至愛恨情仇，但這些鍛鍊了我，讓我的心胸更加開闊，學會了寬容和容忍。

做漢庭，讓我看清了自己這一輩子的使命，知道我這輩子要什麼。在前面兩個企業，我還沒到這種境界，當時內心裡充斥的都是欲望：金錢的欲望，名氣的欲望，個人成就的欲

望。所謂「去人欲，存天理」，講得很有道理。你內心的欲望平息下來，就能夠更加明瞭生命的本質和意義。

有一次，我和雅高的創始人杜布呂（Paul Dubrule）在北京後海邊談論人生。我問他，你一生如此輝煌，有什麼遺憾的地方嗎？他回答說，一是覺得在從政上花的時間太多（他曾經是法國參議員，還擔任過楓丹白露市長）；二是事業上很成功，但在家庭上有些遺憾。

當時我想，假如我也是一個七十多歲的老頭，坐在後海邊，有位後生問我同樣的問題，如果我也這麼回答，我這一生是挺悲哀的。我覺得自己不該這麼過。既然前輩告訴我他這一路上的遺憾，那麼今年四十四歲的我，是不是能夠做得更好一些呢？

現在我的人生目標非常清晰：

第一，是要和夥伴們一起，把漢庭做成全球最大也是最好的酒店集團。也就是要實現「一群志同道合的朋友，一起快樂地成就一番偉大的事業」的理想。

第二，是要過我自己想過的生活，不以物喜，不為名累。真正過好自己的一生更重要。我要珍惜上天給我的生命，我要把這一生過得非常有意思。當我七十多歲時，如果有年輕後生問我同樣的問題，我會跟他平淡從容地說我過了我想過的一生。這是通過三個創業企業，尤其是漢庭，我學到和悟到的道理。

隨著年齡的增加、事業的發展，我的心態、人生觀、價值觀也隨之在改變。我變得從容、淡泊、寬容和利他。也許跟年輕時相比，少了些衝勁兒，但多了些成熟和睿智。

這才是我十年創業最有收穫、最有價值的地方。隨著我們的成長，我們在向善，在變得單純和簡單。

# 二　做好一個企業

做企業要有扎實的內功，要緊緊契合市場，
更要柔韌和富有彈性。
如此，我們才可以在風浪裡起舞，才可以乘風而長。

# 企業的理想和初心

把自己的企業做大做強，是創業者共同的理想。但是怎樣才能實現這個理想呢？我覺得，做大首先是要想得大，think big。如果你想得不大，是不可能做大的。

有人會說，我想得大就能做大了嗎？有幾個有趣的例子。大家都聽過這句話：「人有多大膽，地有多大產。」現在大家更多地認為這句話代表那個時期理想主義的膨脹，違反了自然規律。我倒覺得這句話裡面蘊含了蠻多的真理。這句話的意思是說，你的理想夠高，你才能飛得夠遠。只想著在屋子裡飛，怎麼可能去天空中翱翔？

另一句話叫：「理想總是要有的，萬一實現了呢？」我認為這句話真的很有道理，倘若沒有理想、志向，沒有可能做得很大，更沒有可能成功。

中國有一位很有名的儒家學者，叫王陽明，他說過一句話：「心外無物。」這句話的意

思是，你能想到、能感覺到的就是客觀存在的這個世界，心沒有感覺到的事情就不存在。這套思想對應的是西方的唯心主義學說。

很多人，尤其年輕的時候，會認為這些東西不科學，認為這些思想、想法虛無縹緲，跟現實沒什麼關係。但我這幾年的實踐都跟這個想法有關。在做華住的過程中，我有過不少「心想事成」的經驗。

成立之初，我們提了個口號，要成為未來中國酒店業的領導品牌，成為中國人出行的首選。當時我這麼講的時候，市場上已經有如家、錦江、七天，還有若干個品牌在我們前面。我的很多員工都不相信，覺得實現這個目標的可能性不大，只想著未來能賺點錢就不錯了。

當我們到了一定的規模和體量時，我又提出華住要成為世界第一，好多人也不相信。世界第一的規模是我們的十倍，市值是幾十倍。有這個可能性嗎？目前我們的規模在全世界酒店集團中排第九，但市值已經排到第四。如果未來沒有結構性的、大的變化，華住未來在全球酒店業做到前三，是沒有什麼懸念的。但它有沒有可能成為第一呢？說不準，我現在心裡沒底，但是我有一種強烈的願望和堅定的信心，我要帶領我的團隊通過各種方法成為世界第一。我的心力，加上華住幾萬名員工的心力，也許就是我們勇爭第一的決勝力量。

還有一個例子。在上海，華住的辦公室和我家之間有一條馬路叫吳中路。可能全中國、全上海沒有一條路，像它一樣有這麼密集的華住的酒店。有時候走在路上，我看到一家酒店，心裡想這家酒店不錯，什麼時候把它拿下來作為我們的酒店。結果，鬼使神差，那些酒店最後真的掛上了我們的牌子。我不知道具體過程，因為我自己沒有去公關，沒有去找人。

當你足夠虔誠、意願足夠強的時候，想法實現的概率會增加很多。想不大，根本沒有機會做大。想得大，理想高遠，才有可能實現它。只有大想法、大格局、大思路，才有可能構建你的大架構。有了大的架構，企業才有可能做大。

如果說你的目標是開個餛飩攤子，每天晚上賺個萬把塊錢，那它最後變成像麥當勞、肯德基這樣規模的可能性微乎其微。如果想變成那樣的規模，你要多次調整你的想法，且即使調整也不一定能做得那麼大。很多大的企業是從小的生意做起來的，但如果一開始你在中國這個市場上沒有一個大的構思、大的想法，你很難把這個企業迅速地做大。

在做大做強之前，我們需要思考一個更為根本的問題：為什麼我們要做大做強？

很多人做大做強是為了掙錢，成為富翁；或者為了出名；或者為了面子，為了美女，為了權力。

在經歷了一次創業後，我深刻地認識到：為什麼把企業做大和做強，比怎麼做大做強更重要。一窮二白的時候，剛開始創業的時候，許多創業者是為了掙錢，成為富翁；為了出名、面子，滿足虛榮心；甚至是對權力感的追逐。這很正常，是人性。但對今天的我來說，做企業，應該給這個世界帶來美好，如果不帶來美好，做大做強沒有任何意義。當我們百年之後，沒有人會因為你腰纏萬貫而記得你。但是，如果你創造了某種東西——比如寫了本小說叫《紅樓夢》；比如創立了某個學派，如孔子、老子；比如統一了中國，如秦始皇——那你會被人記住。當你創造了某種價值，而這種價值給他人、給國家、給這個世界乃至這個宇宙帶來美好，那你會被人記住。這才是我們做大做強唯一的原因。

有些人去開礦，粗暴地挖掘；或者開印染廠、洗衣店，把污水直排到大河裡去——他是掙錢了，也創造了某種價值，但對環境、對老百姓、對子孫後代造成的傷害遠遠大於他創造的那點小小價值。

我一直說我做酒店的理想，是讓大家出行的時候能夠安心。過去人們出行，很多旅館大家都不太放心，覺得髒，擔心房間沒消過毒，枕頭沒曬過，被單沒洗過，還怕被宰——本來兩百塊錢的房間要賣一千塊錢。我要做的，就是讓大家出行的時候不用去擔心這一切。

華住酒店，還解決了好多人的就業問題。華住大概有五六萬名員工，在我們這兒工作，他們能夠養家餬口，給孩子上學，過年過節能給公公婆婆、爸爸媽媽買點東西。我用這樣的發心在做這些，覺得自己是在創造價值，這也讓我覺得從事的事業超越了我本人的局限。

這是我對一個企業做大做強的理解。一定要讓你的周圍，因為你這個企業的存在，因為你這個人的存在，變得更加美好。反之，做大做強沒有意義，反而還會禍害這個世界。一個惡魔做大做強，只會變本加厲地作惡。以自我為中心的大和強沒有價值。

二〇一八年六月五日

# 市場要大，發展要快

對一個創業者來說，如果想要把自己的企業做大，首先要做的，是選一個大市場。

你做鉛筆，如果做得很大，做到中國第一，那肯定是不錯的。你做遊輪或者私人飛機，你做得再好，這個市場就這麼大，你的體量也有限。當你選擇做米、油、牙膏、牙刷這些民眾每天都需要用到的商品的時候，你就是選了一個大市場——這個市場大得足夠讓你獲得足夠大的規模和利潤。如果這個市場很小，你很難把它做得很大。

我們的運氣特別好，因為中國是全球最大的單一市場，或者說單一的最大市場。「單一」是指這裡應用同樣的法律、語言和貨幣，且有相同的歷史淵源。歐盟的人口大概是五個億，美國三個億，印度十三個億，中國也是十三個億，但比印度稍微多一點。但歐盟不是一個單一的市場，民眾使用的語言不一樣，所屬的國家不一樣，貨幣曾經一樣，最近也開始在分裂了。美國雖然是很大的單一市場，但人口只有三個億。中國有十三億人口，我估計很多生意大概能夠覆蓋中國一半的人口，六個億左右。這六個億的市場遠遠大於美國，美國的同類市場大概只有兩個億左右。而印度人口雖多，卻沒有這麼大的消費人群，這麼多的中產，而且因為道路、電力、宗教信仰等問題，它不足以成為一個單一的市場。

在中國，只要跟民生、人口相關的生意，都是一個全球單一大市場。要做大，首先選擇大市場。作為一個中國人，我們有很多便利之處，在一個領域創業，很快就能形成一個大的規模。就拿酒店行業來說，美國大概有五百萬間客房，中國有一千七百萬間，是美國的三倍多一點。而美國酒店的連鎖化率是65％左右，中國只有12％到15％。

在這個大市場裡，過去排全球前十名的酒店集團幾乎全是美國的，只有一個是法國的，中國的品牌完全沒有資格排上去。然而在短短的十幾年裡面，中國有三大集團排到了全球前十。這才剛開始。很有可能有一天，在世界前五的名單裡，有三個或者兩個是中國的品牌。美國這個單一大市場醞釀、哺育了許多大的國際酒店集團，比如我們耳熟能詳的希爾頓、萬豪、洲際。在未來，中國的單一大市場會哺育出更大的巨無霸來。這是一道很簡單的算術題，也是很直觀的觀點，對我們把企業做大特別有好處。有人問我，應該選在美國創業、歐洲創業，還是中國創業？我的答案永遠是選中國。中國是一個大市場，倘若你有大的理想，選擇一個最大的市場來創業，最有可能把企業做大。

想要在中國這樣一個高速增長的市場中做大，意味著你要長得快。長得慢，在當今這個社會裡沒有機會，做大就更不可能了。森林裡的一棵小樹苗，它可能是很優秀的種子，但如果長得很慢，很快會被森林裡長得快的其他樹覆蓋。接受不到陽光雨露，它很快就會枯萎死亡。

當今社會的競爭法則和叢林法則沒什麼兩樣。一個企業倘若做得很小，發展速度不夠快，想要沖天而起，基本是沒有機會的。當然，如果你沒有遠大理想，就想當小草、苔蘚，那可以慢悠悠成長，但如果想要做大，就必須快。

企業要快速做大，需要在一個快速增長的市場上才能實現，而中國恰恰是這樣一個市場。為什麼中國是全球增長最快的市場？首先是市場化不充分，也可以說是制度紅利。中國的酒店，過去是為領導人準備的招待所、賓館。真正做大連鎖酒店的，像我們和錦江、首旅如家，是從十年到十五年前開始起家。在市場化不充分的時候，相對比較容易取勝。不論是經濟型酒店，現在的中檔酒店，還是未來我們要進入的高端市場，因為市場化不充分、競爭不充分，我們只要有好的產品、技術、商業模式、團隊，很快就可以發展起來。

其次，中國是跳躍性發展的市場。什麼叫跳躍性發展的市場？比如說中國的互聯網。過去我們的電腦技術落後於美國，但是現在，在應用技術上，中國不管是手機還是通訊協議，還是我們使用的電腦工具，基本上都跟美國同步。美國今天有什麼，我們基本就能買到什麼，在民用領域基本上沒有太大限制。而我們現在做的生意，多數正是消費、應用類的，這使得我們有可能跟世界同步、接軌。有人說，中國的酒店業會跟美國一樣經歷四十年的整合，我說這是不可能的，可能過個五年、十年，幾個巨無霸就形成了。事實也正是如此。這種跳躍式的節奏要求我們企業的發展速度非常快——你要想做大，必須跟得上這個跳躍的市場，而不能只是線性地、按部就班地發展。這種跳躍式發展在其他很多國家是沒有的，因為他們經歷了很長時間的市場化，需要長期的醞釀和磨合。

中國是一個很有意思的地方。從地理的角度看，它東面低、西面高，北面旱、南面澇。如果從商業的角度看，中國是一個大開闊地。想像一下蒙古草原，想像一下沙漠，在這大開闊地上，任何事都可以非常快速地展開，都可以有非常深的縱深——只要做得夠快，就能迅速地圈地。

在做大這個問題上，中國的市場條件得天獨厚。這跟中國的歷史也有關係。像秦始皇統一中國，歷史上就沒有這樣一個統一歐洲的人。秦始皇統一後做的第一件事情是什麼？統一度量衡。從大上海的經貿大廈，到生產隊的老爹老媽，中國長期的大一統思想使得中國的文化思想、消費觀念容易一統，這種一統性根植在每個中國人的腦海裡。當一個商業活動成為一種擴散的方式、一種模式、一種運動，它跟意識形態一樣，很快會滲透到大江南北。有的可能從基層上來，像腦白金；有的以城市為據點進行擴張，像一些酒店集團、服裝品牌。

中國的這種大開闊地的地形，使得我們中國的創業企業和已經創立的企業非常容易攻城掠地，迅速做大。在做大這個問題上，我們今天確實是占據了天時和地利。

二〇一八年六月八日

# 專業化才是企業成功的法寶

一直以來我都信奉，唯有專業化才是企業成功的法寶。

越來越多的中國企業家朋友多元化成功的故事，在不斷地衝擊我的這個信念。是我的固執和保守讓我看不到真相，還是多元化的成功只是曇花一現呢？如果得出錯誤的結論，要麼是失去許多本該屬於你的機會，要麼會因自己的動搖，影響了專一。

專業化的理念來自西方，充分的競爭使得社會分工非常細化。每一家企業為了生存，必須有自己的絕活，將自己這點事做精、做細，才能在市場上占有一席之地。

在西方發達國家，通過多元化做大、做好的確實不多，像通用電器這樣的公司屬於鳳毛麟角。但在當今中國，多元化做大、做強的不在少數，比如李嘉誠等。中國的大多數民營企業家都會涉足房地產，不管他們原來是做服裝的、做建材市場的，還是做國際貿易的。

我有一個朋友涉足房地產、百貨、酒店、電子商務、礦產、私募投資等領域，而且做得都非常成功。仔細觀察他的這些生意，也並不是投機之舉，都有一套比較長久和完整的思路和想法。

我在上海還認識另一個神奇的企業家，他本來是做房地產的，將物業交給國際酒店集團經營，覺得他們做得也不怎麼樣，自己就接手管理了；將物業租給別人做賣場，見生意火爆，他也準備自己做百貨業了；覺得自己物業群裡的電影院生意也不錯，據說也準備涉足影院……看到這裡，大家可能對這樣的老闆不屑一顧，認為其見異思遷，什麼也做不好。但結果並非如大家所想，至少目前如此，那家他自己經營的酒店，生意也不錯。

看到中國這麼多企業家成功地經營多元化的業務，我覺得確實不能有先入為主的偏見，而應該仔細地想明白他們成功後面的原因。

首先是（也是最主要的原因）機會多多。許多企業家是因為各種機會來到眼前才去做的，而不是研究、調研、計畫的結果。

二是中國目前國企、外資、民企這三種不同性質的企業並存，民企的靈活和機制使得他們在某些領域特別有優勢。比如跟外企相比可以更快地決策，跟國企相比可以承擔更高的風險。因此，民企是最容易傾向於多元化的。

三是競爭的環境不是特別殘酷和激烈，在各個領域真正有實力的對手不多。過去幾十年，不管是在品牌上，還是在人才上，各領域都沒有培養出特別強的玩家。

四是民營企業家的素質在提高。尤其是中國最優秀的那批企業家，早已經不是過去那些「農民企業家」了。他們懂得網羅人才，懂得運用資本市場，懂得運用各種管理工具和技術手段，也學會了如何和政府打交道。這些企業家本人的精力都極其旺盛，工作亦非常勤勉。就像我認識的那位上海企業家，許多事情都親力親為，週六、週日都不休息，依然精神頭很好。晚餐二兩白酒過後，依然神采奕奕。

我相信這些企業家將不斷地多元化。他們目前還屬於不斷擴大疆土的階段，還不知道自己的邊界在哪裡。但下一個階段應該是整頓、發展，將每一塊業務都做好、做強。在這一階段，他們可能會面臨許多風險，因為很少有人能在涉足的每一個領域都獨領風騷。強中自有強中手，通過充分競爭，大部分人會自願或不自願地集中到自己最擅長的領域，這就是「專業化」的開始了。當然，也會有少部分發展成像通用電器和長江實業這樣的綜合性、多元化企業集團。

另一種多元化的方式是做投資。不是財務意義上的投資，而是股權意義上的實業投資，比如復興集團。通過財務手段控制企業，通過一流的人才治理企業，再通過優質的經營業績，在資本市場獲得更多的資金，控制更多的企業。

當今中國確實處於機會滿天飛的階段，不管是金礦還是煤礦，都在地層表面，稍微挖一挖就是財富。因此，許多企業家的多元化戰略並沒有錯。籃子裡有許多蛋，總比只有一個蛋要好，不僅可以賺取更多財富，抗風險能力也強。

但要永續經營，只有靠專業化。

優秀企業家是稀缺資源。業務過於多元，這種優秀必然被稀釋，也就成了平庸。而且，不管精力如何旺盛，不管多麼勤勉，我們畢竟還是人，而人的精力是有限的。親力親為式的疆土擴張是有邊界的，而專注和強大的專業實力則能建構更有競爭力的壁壘。

在未來，品牌、規模、資本、專業人才會是更加關鍵的生產力要素，這些要素全都導向專業化的要求。最終，趨勢會給人壓力，迫使企業家選擇更專業化的路徑。

二〇一〇年六月十六日

# 取法乎上

《易經》中有一句話：「取法乎上，僅得其中；取法乎中，僅得其下。」這句話的意思是，一個人如果制定了高目標，最後可能只得到一個中等水準的結果，如果制定了一個中等水準的目標，最後可能只能得到一個低等的結果。做企業，「取法乎上」是很重要的，高標準、嚴要求，才能帶領一個企業越來越強。

我帶團隊要求高是出了名的，如果覺得不行，會批評，會淘汰。過去我的脾氣不太好，會罵人。我的直接下屬們，大部分都被罵過；女下屬們，大部分都被罵哭過。現在我不大罵人了，他們反而覺得不太習慣。如果公司裡有誰被我罵了，他會覺得「老季還是比較看重我，他依然還罵我」。我為什麼罵人？我提的要求，我認為挺正常，他們覺得太難，我們之間無法達成一致。創業之初節奏快，事情多，危機感強，著急了，就開罵了。

我做了三家創業公司，起初很多人都不待見我的嚴苛，甚至說我不懂行，總提不切實際的要求。我舉一個例子。我們在上海的中山西路收了一家四星級酒店，是一對法國兄弟的，那家酒店由弟弟管理，管得非常好。當我們接手的時候，這家店的GOP率（經營毛利潤率）大概是30%左右。我們團隊接手後，怡然自得地提出將GOP率提升到40%左右，而我給他們的目標卻是70%的GOP率：原來我們收一百塊錢，經營毛利潤是三十塊錢，現在我收一百塊錢要賺七十塊錢。他們覺得這幾乎是不可能的。

當時有一個央企出來的同志剛來我這裡做高端事業部總經理，他對我說，老季啊，你不懂行，我們這行沒有這麼高的GOP率。我說不行，你不要考慮我給的目標對不對，應該考慮如何達到。

當然，我提高了要求，也會跟他們一點點分析怎麼達成70%的GOP率。比如說，酒店原來有個監控房，二十四小時三班倒輪流值班，我一看，基本上這些大爺就蹺個腳在那兒喝茶看報紙。三班倒，一班至少兩個人，那就是六個人，而現在人工越來越貴。那麼很簡單，把監控螢幕移到前台，並對所有的監控頻道錄影，原來錄影只存一週，現在可以存一個月，一個月不夠存三個月，反正硬碟很便宜。消防警報系統放到前台來——消防警報系統是非常非常響的，警報一響，前台馬上能聽到，不需要盯著它看。整體的改造幾萬塊就搞定了，卻一下子減少了六個人的人工，每年省下的人工費就是幾十萬。

前台原來也是三班倒，每班四五個人，一堆領導，幹活的很少，我全部改成自助登記入住。客人在到酒店的路上，就可以選好房間，並且把房費付掉。到了酒店，複印上傳身分證就可以拿到房卡了。一個很好的自動登記入住系統，把前台的工作人員從十個變成幾個。今天這個酒店的GOP率，已經超過了我提出的70％。

我在交大是學力學的，數學不錯，對建模、數字很敏感，70％這個數字是我估算出來的，不是隨口胡說。這個酒店的商業模式其實是能夠做到75％甚至80％的，所以我還是留了餘地的。我對團隊有高要求，他們才有可能突破過去的框架。如果你告訴我事情本來就是這樣的，就只有這個方案，那我會問：為什麼只能是這樣呢？如果約定俗成、按部就班、因循守舊，是沒有可能突破原有框架，進而超越前輩，成為後來居上的卓越者的。

很多企業往往碰到困難就退，碰到問題就縮，這樣很難做大做強。只有取法乎上，才能讓企業茁壯成長。

二〇一八年六月十日

# 做大與做強的辯證關係

對企業來說，從初創期到發展期，再到穩定期，會經歷不同的階段。每個不同的階段都有這個階段的核心矛盾要解決。先做大，還是先做強？在不同的階段，需要不同的策略。

先做強，還是先做大？如果是一個初創企業，首先要做大，迅速占領地盤。在中國這個初級市場，你如果不能迅速地占領地盤，很快就會被別人給滅了。這和打遊戲一樣，沒有地盤，就沒有機會生存下去。我自己也是用這樣的策略來做的。華住在剛剛成立的時候，我們的第一個策略，就是120%的速度，80%的質量。我做不到120%的速度，95%的質量。首先要搶地盤。第二個策略是，占領中心城市，搶一線和二線城市的地盤。這裡面包括一線城市的節點二線城市。當這些地盤都搶完之後，我們定的策略是95%的質量，95%的速度。

企業到了平台期，首要的任務是做強。當你占領好了地盤，需要趕緊補課。在這個時代，這是一個很有效的配方。一個企業走到了平穩期，最重要的一定是要做強。就拿房地產企業來說，今天對房地產商來說，最重要的不是搶地盤——地盤搶得越多，死得越快。萬科的轉型是很好的例子，它從開發商轉到運營商——運營商實際上是一種深耕的發展模式。過去把房子造了，賣了，賺了錢走人了，今天不是，房子造好了，我還要做經營，做物業管理，做商業和酒店，做商場管理。中國現在很多地產商在做酒店品牌，實際上是在新的業態、形勢下，把企業做強的一個策略。過去大家通過賣房掙錢，現在則是做更多的服務，更深入的了解，更深入的挖掘。

中國這個時代的企業，基本上都是先圈地，然後再做起來的。我很欣賞日本人三十年只做一個壽司的精神，但這種模式在中國的商業環境下很難生存得好。當你不夠「大」的時候——地盤不擴大，你在變強之前就會被人消滅。我說的消滅不是你這個店關門，是比如說有二十家創業企業，前三家拿到錢的能夠活下來並發展壯大，後面沒有拿到融資的十七家慢慢變成小的生意或者倒閉。人才也一樣，當你做得不夠大的時候，人才不會來。大多數人才都是往大企業去。

另一方面，沒有強，也不可能大。對一個建築來說，強有力的梁和柱很重要，它們可以支撐整個大結構。所以當你要做大的時候，也需要強。在酒店行業，早期拚命圈地，後期粗製濫造，隨意加盟，到最後規模是大，但是問題層出不窮。華住也曾碰到類似的問題，遭遇消費者投訴，加盟商抱怨不掙錢。

當品牌處於危機之中，很多人的選擇和我不一樣，他們可能會退縮。但對我來說，如果我們不挽救這個行業，可能就沒有人去挽救了，中國可能就沒有自己的經濟型酒店品牌了。所以我們投了很多的錢，花了很多的精力，甚至犧牲了我們的短期利潤，去重新改造、升級我們的直營店，並鼓勵加盟商升級加盟店。在我們的努力下，我們單店的營收一開始是往下走，現在開始往上走。

一味做大，並不稀奇。我們現在是兩天開一個店，我們明年大概是一天開三個店，再多開也是可以的。但這個速度能不能持續？大了之後，能不能保持？這是挺重要的問題。

怎樣保持大和強之間的節奏？任何一個商業形態、

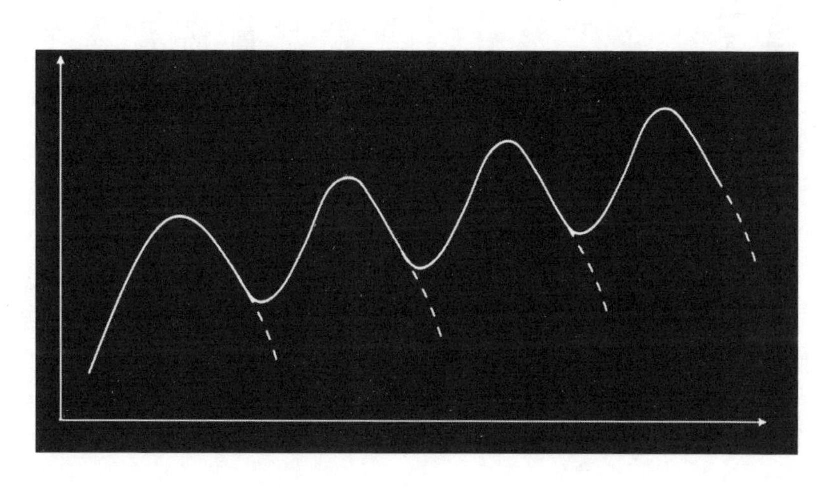

任何一個品牌都會經歷一個典型的曲線發展過程，從出現、成長到成熟、衰敗。怎樣讓企業發展的曲線此起彼伏？我的想法是，在你出現往下的趨勢的時候，你要找到一個新的函數、新的動力、新的方向，再往上走，直到下一個波峰，以此類推。這樣的企業一定具有很強的創新能力和適應能力。既強又大，才能成長成一個世界級的霸主。

舉個例子，經濟型酒店發展到今天，基本上地已經圈完了，再往下發展是保持子彈平飛的過程，不太可能再突飛猛進。所以我們找到了一條新的曲線——中檔酒店，我們的中檔酒店大概有五到六個品牌，我們收購了桔子，創造了全季，並且和雅高合作。在三五年前，中檔酒店的利潤在整個集團中差不多是零，可以忽略不計，但目前其貢獻我們三分之一的利潤，很快會占一半的利潤。

我們的中檔酒店越來越多，我現在想的是，怎樣靠管理合同掙錢。過去大家靠直營掙錢、特許掙錢，但是全球大的酒店集團都靠管理合同掙錢，所以我在醞釀、培育高檔品牌，希望和萬豪一樣，通過管理合同來掙錢。華住最近創立了一個新品牌，叫禧玥，第一家店開在上海的徐家匯。我想用東方的元素、東方的美、東方人習慣的形態，給東西方的人提供一種耳目一新的產品。

這是我看到的第三級，我不單自己創立新品牌，我還會收購、兼併合適的高檔品牌，包括豪華品牌，來形成我管理的現金流和利潤。我也在想第四級、第五級。中國這個地盤我已經占到七七八八，我還要有更大的地盤，那就全球化。我們計畫在新加坡設立集團的全球總部，第一步進入亞洲，之後進入歐洲，最後決戰美國，這是我們公司的幾個不同波次。

當一個公司剛剛創立的時候，你不一定想得這麼長遠，但是當它已經略有規模，略有起色，你要考慮你的第二級在哪兒，第三級在哪兒。企業的經營者一定要考慮得很遠，才有可能讓企業不斷地變大變強。

二〇一八年六月十二日

# 速度的極限

在理想的狀態下，直線運動的物體，其速度的公式為：$V_t = V_0 + a \times t$。這裡「a」是加速度，「t」是時間。也就是說，某一時間的速度等於初始速度加上加速度和時間的乘積。從理論上來看，當時間趨向於無窮大時，速度也會趨向於無窮大。

但實際上，這種情況不會出現。一是因為經典力學只適合慢速運動的物體，對於接近光速的運動沒法準確描述。光速是普通物體的一個極限，要以光速運動，物體的形態會改變。在真實世界裡，物體運動的速度極限往往取決於阻力。

我們騎車時，即使順風，速度都很難突破每小時四十公里。速度越快，空氣阻力就會越大，直至和你蹬車的力量平衡。因此，速度就會在某一個極限——比如四十——以下徘徊。

正是我們本身的速度太快，產生了更大的阻力，妨礙了速度的進一步提高。

這個規律在我們的日常生活中反覆出現。

「木秀於林，風必摧之」講的也就是這個道理。樹的高度是有限制的，越高的樹，越容易被風吹倒。因此，我們所能夠看到的樹都是有一定高度限制的。

彼得原理（The Peter Principle）認為：「在一個等級制度中，每個職工趨向於上升到他所不能勝任的地位。」說的就是這個意思。限制你進一步上升的原因，就是你自身所到達的高度。

巴別塔是造不出來的。這並非由於上帝的阻撓，而是因為塔建得越高，自身的重量越重，最終會壓垮基礎和支撐結構，使塔倒塌。即使在沒有重力的環境裡，也不能無限制延長結構的高度，因為高度越高，這個結構就越不穩定，最終哪怕是外界最微小的擾動，都會導致系統崩潰。

樹是這樣，企業也是這樣。企業越大，創新能力就越會下降；過多的層級，及其所形成的官僚機制，使得整個機構效率降低。像通用電器這樣「巨無霸」的企業也不能什麼都做，只能恪守「數一數二」的原則，保留優勢產業，才能在競爭中生存。

歷史上的帝國也是如此。羅馬由於快速擴張和物質生活的過於領先（奢華），使得管理和控制能力減弱，軍隊戰鬥力下降，最終在北部野蠻人的入侵下瓦解。成吉思汗差不多犯了類似的錯誤：快速擴張，又快速地回到原點——發家的蒙古草原上。

中國歷史的「週期率」（黃炎培語）大抵如此，都是因為一個朝代的發展，奢極而衰。富的人越富，做官的人益加貪腐，老百姓窮的越窮，苦的越苦，導致整個社會失衡，只能通過暴力的方式重新組合，重新進行利益分配。這也是一個朝代由於自身的發展而到達自己壽命的極限所致。

家族傳承也是如此。「富不過三代」講的就是這個道理。家族的競爭力喪失或者減弱，恰恰是由於「富裕」造成的。「富裕」使得後代喪失了鬥志，沒有勤奮和努力的動因。而那些出身貧寒的人們，會從最底層冒上來。他們有的是野心和動力。

我們個人又何嘗不是如此？我們的事業、我們的官階、我們的財富，都是遵守類似於彼得原理的規律。阻礙我們進一步向上的，恰恰就是我們引以為豪的「速度」。這裡的速度指廣義的速度：事業的發達程度、官階的高低、財富的多少。

自然界的規律，無一不在我們人類社會中得到體現和驗證。因此，了解我們自身的局限與邊界非常重要。這也是我反覆強調人需要有敬畏之心的緣故。即使不去敬畏那些人格化的上帝，也要敬畏那個物化的上帝——自然規律。

二〇一〇年十二月二十六日

# 建立志同道合的人才梯隊——旅美飛機上的感悟

在張拓擔任CEO期間，有一些創業員工和老員工，如成軍等離開了公司。在我回來重新擔當CEO後，又有海軍等一些老同志離開我們。每一個人的離開，我都非常捨不得，同時也在自我反省：哪裡做得不對，做得不好？難道簡單地說，他們與我「志不同道不合」嗎？如今，偉業未成，老部下離去，又談何「快樂」？

基於這樣的狀況，我做了一些反省和思考。

那些企業初創期的夥伴們，在企業前途未卜、風雨飄搖的時候，因為各種原因加入華住，甘願冒險，披荊斬棘，為華住今日的成就奠定了基礎，做出了卓越的貢獻。企業一步步壯大了，有些人沒有得到自己期待的提升，或者在公司發展較慢時，被對手或其他同行挖角；有些人飽含激情，喜歡創業的感覺，在一個逐步規範和規模化的企業裡覺得平淡，也會選擇再創業或者加入其他新的創業團隊；有些通過上市，有了一些小積累，對於物質也沒有過高的期待，寧願選擇過一種簡單、輕鬆的生活；也有一些，是因為我們這一兩年內，內部團隊的調整，波及了他們；還有的因為待遇問題，或因為私人因素……

說實話，每個跟隨我創業的元老級員工的離開，都令我非常傷心和難過。昨天，我在細雨中走在紐約的街頭，路過和海軍同住過的華爾道夫酒店和曾經一起醉酒的日本餐廳，還有些惆悵和傷感。

像雅高創業元老們那樣一輩子的朋友和事業，讓我羨慕，也是我的人生理想。但我也能夠理解當今的中國現狀，四處充滿了機會和可能，創業和造富的喧囂不絕於耳，社會普遍浮躁、急功近利，誘惑實在是太多了。

有些離開華住的人，可能對華住和我都有過失望和不滿，尤其在華住股票不高、薪酬制度過渡的期間，一夜暴富的夢想沒有了。公司的快速成長，也讓一些人有了更多的想法。他們選擇了離開，開始了自我的探索和嘗試。我真心祝福他們在未來的道路上順利。感情上，我捨不得，但華住還有自己的責任和目標，團隊始終是要繼續建設的。

我在同事們中間可能是毀譽參半，但實際上我是個非常重感情的人。平常因為工作，因為距離，不一定為許多人理解。有些人覺得我吹毛求疵，態度粗暴。

吹毛求疵是因為責任和要求高。假如不比他人強，我們何以自存？這幾年在連續創業過程中，我大多採取了粗放的野蠻的實用主義風格。但本質上，我是個完美主義者，做事情希望盡善盡美，面面俱到，希望每樣事情都好，每個人都滿意，在工作中要求高是必然的。我經常掛在嘴邊的話是：「取法乎上。」這是真理，不管是創業，還是永續經營，「卓越」是邁向偉大的唯一途徑。

有些人不喜歡我的態度粗暴，但這是領導風格，跟尊重和其他無關。人無完人，我更不是聖人。從另一個方面來說，態度粗暴是直接和坦率，還有信任和高期待。我基本不會對普通員工暴跳如雷，也很少給予期望值不高的人嚴厲的訓導。

酒店行業並非是一個暴利行業，工作也很辛苦、瑣碎，我們的大直營模式對我們的挑戰很大，跨地域的高速發展對管理的壓力也很大。我別無選擇，只能全力以赴。實際上，我是真正喜歡上了這個行業。我愛我的工作和事業，我感覺自己找到了一生中最值得自己去做的事情。每天上班，心頭有許多憧憬和計畫；每天下班，覺得特別充實和快樂（當然偶爾也會有鬱悶和疲憊）。我有責任，也非常樂意帶領這個企業和這個團隊，走得更遠，謀求更大的成功。人和企業都有壽命和極限，我不奢望華住可以例外，能夠輝煌幾個世紀，但我會認真地將華住按照永續經營的思路去做。

公司裡有些同事私人關係較好，經常在一起吃飯，這其實挺好。現代人花在工作中的時間越來越多，同事間的友誼無疑是給企業加分的。但是有些人在某些時候分不清公和私，在公事中夾雜著私人好惡，影響判斷和行為，甚至形成了所謂的「小團體」、「小圈子」，這在一定程度上會阻礙外部優才的進入，公司未來發展可能會因此後繼乏力。

有些老人，在企業時間長了，居功自傲，甚至會占著位置搞公司政治。這些人就變成了公司的負面因素，必須及時教育和清理。

高速發展的企業，要求老人必須要能夠跟得上企業的發展。在新的崗位、新的機會出現的時候，我會優先想到已有的幹部；如果滿足不了新崗位的要求，就必須從外部尋找人才。

對於新人，我們也要抱著平等、淡定的態度來看。不能說新人就比老人好，就比老人高明。新進入公司的人，「德」是第一，也就是我講的「志同道合」。我們也不指望人家一進來就愛上華住，但大家基本的價值觀、人生觀、事業觀要大致一樣。由於企業規模越來越大，我們也要有足夠的胸懷和氣度，真心地歡迎新的人加入。

到底是採取純粹的家族式管理，還是全面以職業經理人來主導公司？這是許多中國企業在思考和實踐的課題。像阿里巴巴一樣，我們兩種思路都不同程度地嘗試過，至今還沒有最終滿意的答案。

目前，我更傾向於兩者的結合，就像陰陽八卦圖一樣，宇宙的規律是「執中」。創始團隊和職業經理人對於一個高速成長的企業同樣重要。因為高速，許多業務需求等不及成長，需要外請；因為高速，許多價值觀和經驗被稀釋太快，需要元老們的堅持和傳承。老人和新人相結合，西方的制度和管理工具結合東方的倫理和人文，也許是對治我們這些高速成長企業的配方。

一個高速成長企業中的企業家必須要有足夠的胸懷去容納人，包括新人和老人。衡量人的唯一標準應該是——對於企業的價值。只要是對企業好的，就是應該吸納和保留的人才。

中國人講「義」，這是個傳統美德，應該尊重和保持。但應該分清酒肉朋友和哥們兒義氣的「小義」，與惠及大多數人的「大義」之間的區別。一般的義氣可以存乎幾個朋友間，但這些東西到了一個大的組織卻不一定值得推崇。有些人在日常工作中，擔心得罪人，不說、不敢說、不好意思說。這樣的結果必然是損害了公司的利益，是一個多輸的局面：當事者雙方和企業。你沒有指出對方的不足，他少了一個改進的機會；自己因為怕事，在主管和績效面前得了低分；公司也因此受了損失。

還有一些人有「大公司」的概念，認為公司現在大了，這點損失和利益算不得什麼；而且公司是個比較抽象的概念，不像面對面的人（同事或供應商、合作夥伴）來得直接，有些可以做的改進不去做，可以爭取的利益不去爭取，因為麻煩，因為會得罪人，甚至可能會損害別人的利益。反正就這麼著，也未必有人能夠察覺，做個老好人、和事佬得了。這樣的人，為了一己的方便和私心，犧牲了公司大的利益，實際上是犧牲了包括他在內的許許多多人的利益，他的不作為和自我方便，危害很大。

所以我們必須圍繞戰略，慎重仔細地設計出主要部門的平衡計分卡，客觀地甄別出績效好的人，培養他們，重用他們，信任他們，提拔他們，給予他們更多資源、更好的薪酬，讓他們為華住創造更多價值。反之，那些庸碌無為、消極怠工、自私自利、混日子的撞鐘和尚們，必須推動他們改變和進步，不然最終只能清理出隊伍。

建立人才梯隊是戰略的第一條，對於公司未來至關重要。

建立志同道合的人才梯隊，首先必須根據戰略目標，合理優化組織架構，簡潔、高效地配置人員和組織。

其次，釐清幹部層次架構，有重點地針對性對待。

除核心管理層外，可以將管理人分成三類：第一，目前總部的部門負責人、城區總經理是團隊最重要的核心隊伍；第二，總部部門總監、部門經理和城區的資深店長等是最重要的管理骨幹；第三，總部經理級、主管級幹部和城區的店長、多店店長等，是最重要的基礎管理團隊。

這些幹部人選，首先在現有團隊中尋找合適的，如果沒有，就從外部招募。外部招募人員，有一個考驗和建功立業的過程，也需要有具體的目標計畫和適應計畫。

對於這三層管理團隊，需要不時加強溝通，尋求認同，在保持每個人多樣性的同時，保持核心價值觀的一致。季度例會、定期談話、不定期非正式交流、民主生活會、午餐會、里程碑慶祝、生日慶祝等活動，都是我們跟他們溝通交流的機會。可以用帶一級看一級的方式。比如管理層直接帶教部門負責人和城區總經理，同時要往下再看到部門總監和資深店長這一級；城區總經理直管資深店長，同時要看到店長和多店店長，以此類推。

績效是衡量幹部的尺度。圍繞公司戰略，分解成各崗位部門的平衡計分卡。圍繞戰略重點的同時，能夠做到對幹部的衡量，公正、公平、不偏袒。

除了每個人的實踐和自我學習、感悟以外，還要用培訓幫助他們成長。外部培訓（領導力、管理工具等）、華住學院、顧問、內部傳幫帶、讀書等，都是加強培訓學習的途徑。

我們必須通過高效管理，形成有競爭力的盈利能力。而高效管理的基礎是幹部隊伍，給予他們有競爭力的薪酬，跟培訓一樣是投資，而不僅僅是財務報表上的成本項。通過有競爭力的薪酬，可以讓大多數幹部抵抗外在的種種誘惑，包括挖角、賄賂、擦邊球等，專注於自身成長，讓自己和家人可以從容地生活。

這三層幹部，都應該分享到華住的股東計畫（可以是期權或限制性股票），這些計畫是薪酬的一部分，公司發放給他們的期權、股票，有望在將來的一定時間內，成為他們一筆可觀的財富，讓他們可以無憂地享受退休生活。通過股東計畫，主要管理幹部分享了企業成長的成果。

除此之外，我們還在各大重點高校招聘管理培訓生。隨著華住的發展，我們需要很強的自身造血能力。我們不僅需要來源於一線的實踐性人才，同樣需要具備抽象、概括能力的系統性人才。這個實踐剛剛開始，效果有待觀察。

而在絕大多數的基礎員工方面，我們要能夠提供穩定的工作崗位、有一定市場競爭力的薪酬和快樂輕鬆的工作環境。由於人力成本會在未來急劇上漲，我們不能保證基礎薪酬可以跟隨通貨膨脹同比例上漲，甚至也不能保證是行業內最高的。但我們會努力通過技術手段和組織創新，以及外包等辦法，控制住人力成本的上升，同時保證在編員工享有具備一定競爭力的待遇。

華住已經從一個幾個人的初創公司，變成了市值幾十億元的境外上市公司，門店遍布全國各省市，有近十萬客房，每年接待幾千萬客戶，銷售額幾十億，為國家納稅過億，解決了數萬員工的就業和基本生活問題。不管是人才、資金、融資能力，還是門店網路、客戶基礎、品牌，華住都毫無疑問名列前茅。此刻，我們處在一個比任何時候更好的時空點上：市場的機會向我們開著大門，不僅僅是經濟型酒店，整個中國的酒店業，隨著國家綜合經濟實力的上升，迎來了又一個春天。

我有足夠的堅韌和堅持，帶領大家走向遠方。作為這個企業的領導者，我深知肩上的擔子很重，責任很大。我必須要有足夠的胸懷和修為，寬容那些不好的人和事，寬厚地對待跟隨我創業的老同志，大氣地迎接新同志，自我消化那些不理解和委屈，甚至包括謠言和誣陷。

沒有這種氣概和精神，就沒有資格談偉大。

過往有惆悵，但往前看，我滿懷信心，充滿希望。

二〇一二年五月十二日

# 互聯網焦慮症

我從所謂的互聯網行業轉戰傳統酒店業，已有十二個年頭。雖然辛苦勞累，但成果還不錯：雖然起步較晚，但在各個方面都在不斷超越同行，慢慢成了中國酒店業的「頭牌」。加上我連續創業了幾個公司，還經常被一些新的創業者請去介紹「經驗」。

記得在廣州的一個小餐廳裡，唯品會的沈亞跟我討教創業和融資的事情。我已經不記得當初跟他說過什麼，對他是否有幫助。但現在，唯品會的市值已是五十八億美元，是我們的三點五倍，甚至已經超越攜程！我吭哧吭哧做了將近十年的傳統企業，被一個年輕後輩的互聯網企業輕鬆超過！

還有一次，在IDG的年會上，我信誓旦旦地號稱自己要將華住做成一百億美元的企業，台下也是掌聲雷動，給我很多鼓勵，自覺也蠻了不起。在我後面發言的正好是雷軍，他做小米比我還晚，上一輪融資的作價已經超過一百億美元！還沒上市呢，就一百億了。

酒店行業並不好做，都是些苦活累活，事務繁瑣，環節眾多。經濟型連鎖更難，既要好又要便宜，成本稍微高一點，利潤就不見了。三百六十五天，天天要睜大眼睛，不能出啥紕漏；天天要做好生意，哪天差一點，後面就得拚命補。

看別人的企業，沾點互聯網的光，換個互聯網的新打法，市值輕輕鬆鬆地就超越了我們。光從市值上看，是幾倍、幾十倍的差距。且不說誰笨誰聰明，古話說「天道酬勤」，難道我們這麼辛苦，這麼努力，都沒啥用嗎？天道在哪兒呢？

另一個焦慮的事情是OTA（線上旅行社）。隨著手機應用軟體的普及，OTA們都各顯神通，又是綜合服務平台，又是手機門戶。手機螢幕小，容量有限，我們這些單一用途的手機應用軟體很難被使用者保留在手機裡。眼瞅著OTA的比例一點點上升，心裡著急。本來OTA每間房掙的錢就是我們的兩倍多，隨著移動互聯網的普及，還會從我們這裡搶去更多的市場份額。這樣下去，我們就會淪為掙辛苦錢的幫傭了。

OTA的日子好過嗎？也未必。建章回到攜程後，大刀闊斧地進行調整，夜以繼日地工作，又是購併，又是投資。除了要對付來自去哪兒和藝龍的競爭和蠶食，還要提防阿里和騰訊的順手牽羊。真可謂嘔心瀝血。

BAT的日子就好過嗎？馬雲大哥被騰訊的微信弄得焦頭爛額，也處於明顯的焦慮中：

內部強行推廣「往來」；匆忙推出手機遊戲；收購微博；甚至傳出入股360的消息。

馬化騰呢？也未必輕鬆！且看他的一段話：互聯網時代、移動互聯網時代，一個企業看似牢不可破，其實都有大的危機，稍微把握不住社會趨勢的話，就非常危險，之前積累的東西就可能灰飛煙滅了。

看來大家都在焦慮，都在糾結，都在苦苦思索和尋覓。我們大家所焦慮的原因就是互聯網，主要是移動互聯網。跟十四年前互聯網浪潮一樣，每一次信息技術的革命給企業界帶來無窮想像空間的同時，也帶來了轉型的危機和被淘汰出局的恐慌。

當一個問題無解的時候，反觀自身，回顧歷史，也許能找到方向，找到答案。

一九四九年以前，中國出現過很多「大王」，比如剪刀大王張小泉、粽子大王五芳齋、麵粉大王和棉紗大王榮氏家族、烤鴨大王全聚德、火柴大王劉鴻生、萬金油大王胡文虎……這些都是跟老百姓日常生活密切相關的行業，他們在民族資本興起的年代，迅速成為各行各業的領軍人物。解放後，他們大多數被國有化了，至今仍有部分活躍在各自的領域。我們最近投資的全聚德就是一家非常不錯的百年老店。全聚德已經有一百五十年的歷史，已經超越了馬雲一百零一年企業的夢想。

再看看現在衣、食、住、行各個領域的「大王們」。

優衣庫目前市值四百零八億美元，麥當勞九百五十一億美元，剛剛上市的希爾頓兩百二十億美元，達美航空兩百三十五億美元，看來同樣是行行出狀元。這些傳統公司的特點是：歷史長，盈利穩定，規模和市值也不小。

再想想，五十年、一百年前有互聯網企業嗎？沒有。在新技術不斷出現的時代，高科技公司的產生和淘汰率實在是太高了。曾經作為商學院案例的惠普已經是風雨飄零；雅虎被谷歌取代，臉書又搶了谷歌的風頭；曾經市值兩千億美元的諾基亞，被蘋果壓迫得難以維續，七十億美元賤賣給了微軟；微軟自己也好不到哪裡去，抱團取暖也只能苟延殘喘……五十年以後，一百年以後呢？一定還會有更多新興企業，憑藉新技術，顛覆目前的這些大腕兒們，今天盛極一時的新興企業，能剩下的不會太多。

再看看今天的世界級酒店集團，大多有四五十年以上的歷史。創立於一九一九年的希爾頓已經將近百年時間。五十年、一百年之後呢？我相信人們還得睡覺，還得出差住宿。因此我們這些滿足基本生理需求的企業必定還會存在，只要我們自身不要出問題，建立好扎實的基礎和架構，到時華住將會有機會和希爾頓它們一起，躋身世界酒店集團之列。

線上企業固然好，規模可以極大，可以達到千億美元的規模，但能夠達到這個量級的企業數量極少，競爭將會非常慘烈，企業的生命週期將會較短。就像曇花，很美，但只能一現。

那些互聯網企業很美，非常了不起，我也羨慕那種極致的熱點感覺。我有這樣的雄心，可惜沒有這樣的機緣。敝帚自珍，我覺得自己從事的住宿業也是非常不錯的行業。在人們發明出不用睡覺的方法之前，住宿業一定會存續！這種貼近人們基本生活的產業，將會更持久、更穩固、更多元。

經過以上的思考，心定了一些。但絕不能故步自封，閉門造車，而是要在做好本分的事、練好基本功的基礎上，擁抱互聯網。

現在很時髦的一個詞是O2O，也就是online to offline，是指將線下的商務機會與互聯網結合，讓互聯網成為線下交易的前台。現在熱門的O2O企業都是互聯網企業，比如大眾點評網、團購網站等，傳統服務業大多寂然無聲，好像跟他們沒有關係一樣。其實O2O的概念非常廣泛，只要產業鏈中既涉及線上，又涉及線下，就可通稱為O2O。

面對這樣的移動互聯網變革，做鴕鳥是不行的。基於互聯網的OTA，每間房每夜掙的錢已經是我們實體企業的兩倍左右，市值經過放大更是達到七八倍之高。我們自己如果不思進取，在移動互聯網的進一步變革浪潮中，利潤將會越來越少，最後逃脫不了掙辛苦錢的命運。

十年前，我剛進入傳統行業時提出：用IT精神打造傳統企業。當今中國酒店業真正

具備競爭實力的，都是秉承這個精神的企業。

今天，我要再進一步調整為：用互聯網精神打造傳統服務業。不僅僅是要使用互聯網技術，更重要的是互聯網思維。

互聯網思維是相對於工業化思維而言的。

工業化時代的標準思維模式是：大規模生產、大規模銷售和大規模傳播。但在互聯網時代，這個重要的三位一體被解構了。

正是因為工業化的發達，產品和生產能力不僅不再稀缺，而且極大地過剩；產品更多地是以信息的方式呈現，管道壟斷變得不可能；最根本的是，媒介壟斷被打破，消費者同時成為媒體生產者和傳播者，通過單向、廣播式傳播方式製造熱門商品，誘導消費行為的模式不再行得通了。

我們正在迎來一個消費平等、消費民主和消費自由的消費者主權時代。原有供應鏈上的關鍵角色，如品牌商、經銷商和零售商的權力在稀釋、衰退，甚至終結。在消費者主權的時代，消費資訊越來越對稱，價值鏈上的傳統利益集團越來越難鞏固自身的利益壁壘，傳統的品牌霸權和零售霸權逐漸喪失發號施令的能力。話語權從零售商轉移到了消費者手中，消費者通過自媒體，建立和強化了這種自主權。

互聯網思維是一種用戶至上的思維。

以前的企業也會講「使用者至上、產品為王」，但這種口號要麼是自我標榜，要麼是出於企業主的道德自律。但在數位化時代，「用戶至上」是你必須遵守的準則，你得真心討好用戶，因為用戶口碑和好評變成了有價值的資產。

移動互聯網進一步顛覆了現有的商業價值體系和參照物。過去，零售商和品牌商習慣了自吹自擂，而粉絲經濟的核心是參與感。我們必須主動邀請用戶參與到從創意、設計、生產到銷售的整個價值鏈中來。

移動互聯網也顛覆了價值創造的規律。我們必須回歸到商業的本質，找到用戶真正的痛點、癢點，為客戶創造價值。就像雷軍說的，要做出讓使用者尖叫的產品來。如果僅僅提供商品本身的消費價值，由於大量同質化商品的存在，粉絲是沒有動力去買你的東西的。

為了區分當下流行的 O2O 概念，也為了更好地詮釋我們傳統產業的 O2O 途徑，我提出了 O2O2O 的概念。

第一個 O 是 offline（線下），也就是我們的產品和服務，這是我們的基礎和根本。在這個網路時代，我們必須借助互聯網手段（online）來傳播、銷售我們的線下產品和服務。這就是第一個 O2O（offline to online）。

使用者 online（線上）購買我們的產品和服務後，必須來到我們 offline 實體店來體驗，這就是第二個 O2O。連起來就是 O2O2O。我用一個三角形來表示。

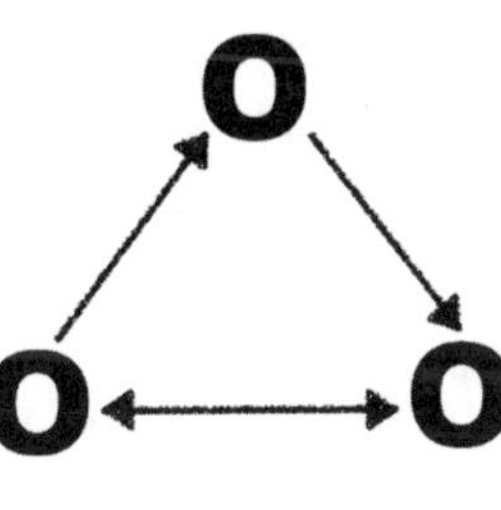


下面這條邊是我們堅實的線下基礎，這也是我們賴以生存和競爭的根本。上面那個頂是我們必須善用的互聯網工具，用它提高我們的知曉度，提高我們的運營效率，提高用戶的全過程體驗。

許多新興互聯網O2O企業，做的都是一些「無中生有」的事情。利用服務和產品的過剩，跟商家討個好折扣，以此吸引大批客戶，低價批發低價銷售，美其名曰「團購」。收集一批用戶評價，給商戶評級排名，再設法跟商家或者用戶收錢，這樣的就叫「點評網」。他們一旦聚斂了巨大的用戶，就跟過去的經銷管道一樣，壟斷了商家和用戶交流的管道，就會有很強的話語權，會在兩邊賺取超額利潤，但更多的是向商家榨取高額佣金。過去工業化時代的國美、蘇寧，就是上一代的管道壟斷者。

對於小型企業和分散的商家，這些新式的O2O是有幫助的，至少在沒有超越臨界利潤點的時候是利大於弊。但對於大型品牌集團而言，如果一味依賴這些新興的管道商，將會是災難性的。因為這些新型的「仲介」更加容易沉澱用戶，黏著用戶。在社交化、移動化的推動下，還會產生「去品牌化」的情況。

中國的傳統服務業，實際上同時在經歷品牌化和去品牌化這兩個既對立又統一的過程。

由於長期輕視和壓抑服務業，中國的品牌化趨勢明顯；但是互聯網，尤其是移動互聯網和社群媒體的興起，有淡化品牌的作用，這樣就產生了一種「去品牌化」傾向。我們可以在這兩種矛盾對立的趨勢裡，對絞出一種螺旋式上升的力量來應對。

傳統服務業要在新格局裡找到自己的定位和核心價值，必須具備互聯網思維。我提出的O2O2O模式（實際上也是O2O模式，只是這樣的表達更加明確）應該適用大多數傳統服務業。

未來是否還需要這種變種的「仲介」和中間管道？未來的品牌集團是否還是今天這樣的模式？這值得我們思考和探索。比如酒店集團，從最早的重資產模式，進化到今天的輕資產模式，以品牌和管理為主。未來的酒店集團是否應該進一步演化，演化成「品牌＋管理＋管道」的模式？

帶著這樣的思考，我們將會進行進一步的嘗試和探討。華住的理想是要成為「線下大王」！我堅信，任何技術的發展，都代替不了線下的實體體驗。比如，酒店做好產品和服務，餐廳做出美味的菜品，永遠都是我們線下企業最重要的核心價值。線上平台永遠無法替代這種體驗式服務。移動互聯網提供了我們跟使用者溝通和交易的更有效手段，不需要或者極少需要任何第三者插足其間。我們將自己的核心價值，直接和最終用戶對接，使得服務方便、迅捷、不貴。

司。

在這樣的理念支配下，華住才有希望成為世界酒店業的翹楚，成為價值數百億美元的公

有焦慮，才會有思考；有思考，才會有突破；有突破，才會有璀璨的未來。

線下大王，就是我們醫治互聯網焦慮症的良方。

二〇一四年三月一日

# 大風和直樹

這個季節，有一股類似於中國颱風的季風會路過普羅旺斯，風力之猛，只有身處其中的人才能感受到。我的戶外家具會被吹起，桌仰椅翻，瘦一點的人感覺好像要被風吹走！在中國，颱風過後，我們地裡的莊稼會順著風的方向傾斜，樹木或竹子會被風吹得倒向一側。但在普羅旺斯，同樣劇烈的大風（每年如此），對樹木卻毫無影響。大風過後，它們挺拔如舊，直直地矗立，自信自得地升向天穹。

這讓我很好奇。後來，經仔細觀察，我發現原因有三：首先，這個地區地質堅硬，樹根和地面咬得很緊；二是這些樹都是老樹，根基都很扎實；三是這些樹都很柔韌，風來了，隨風起舞，風過了，不留絲毫痕跡。

由此，我聯想到互聯網浪潮，聯想到中國企業，聯想到中國一波波的調整和波動。

企業像樹，市場與客戶像泥土。只有緊緊咬住市場，抓住客戶，才能在風浪裡保持尊嚴和自我。企業的內功、內涵，就像樹根，必須扎實和深遠，才能屹立不倒。風就像一波波的革新和浪潮。浪潮來了，我們有和它起舞的柔度和韌性，才可以隨風起舞。潮流過去後，我們才可以仍然巍然挺立。

做企業要有扎實的內功，要緊緊契合市場，更要柔韌和富有彈性。如此，我們才可以在風浪裡起舞，才可以乘風而長。

二〇一四年七月十一日

# 創業時要注意什麼

## 1. 商業模式

創業以商業模式最為重要。

一個成功的商業模式需要在最恰當的時機出現，不能早也不能晚。每一個商機都有一個窗口期。早了，成了烈士；晚了，搶占制高點不易，甚至錯失機會。

一般的商業模式是迎合市場的需求，不一定是創造新的消費行為。可以在現有的模式上，利用新技術改變遊戲規則，但不是創造新的消費行為。比如，你可以用互聯網來賣服裝，但你不能讓人們不穿衣服，改披紗巾。

一個好的商業模式是找到利益的「和諧點」。用戶想又便宜又好；商家想投入小利潤高；管道想不勞而獲，抽成越高越好。如何在生態鏈裡找到各方可以平衡的「和諧點」非常重要。比如，投資多少最為合適？賣價多少客戶覺得超值？哪些服務需要提供，哪些服務需要裁剪？加盟商的收費如何？怎樣做到既可以讓加盟商願意加盟，我們又可以有可觀利潤？

一個好的商業模式是禁得住時間和實踐考驗的。就像一架新鋼琴，一般不可能買來就很完美，需要調音才能悅耳動聽。一個商業模式在理想和現實中來回幾次屬於正常，需要不斷優化，不斷疊代升級。

一個好的商業模式一定是獨特的，創新的。依靠低成本和高效率的創業只有在特定環境下才能有效——比如在中國，憑藉好的市場化機制，跟僵化的非市場化體制來競爭。成功各有各的不同，但抄襲和拷貝，至多弄出一個二流的公司。

## 2. 客戶關係

在某一個細分市場，客戶的量實際上是確定的。最大限度地吸引到盡可能多的擁簇者、粉絲，是我們創業者要考慮的頭等大事。也許是你的產品好（比如蘋果），也許是你的故事好（比如中甸改名香格里拉），也許是你的價值觀引起了共鳴（比如無印良品），也許是你的CP值高（比如經濟型酒店）。所謂「專注、極致、尖叫」，就是因為在這個產品極其豐富、信息充分對稱的時代，只有專注才能做出好產品，只有極致才能打動客戶，只有尖叫才能觸動客戶的內心和靈魂。

酒店行業的客戶除了住宿者，還有加盟商，這兩類人的需求都要考慮到。特許賣的是信譽，產品做爛了，就是透支了信任，這是非常糟糕的事情。重建信任幾乎是不可能的，而且有太多的對手在旁邊像狼一般窺視著，你稍有漏洞和破綻，就會被攻擊，被撕咬。

對客戶需求的了解，我不是依靠市場調查公司或者諮詢公司的意見，而是做角色模擬，把自己想像成目標客戶，推己及人。再通過一個個應用場景的設計，來找出客戶的需求點。除了表層的需求點，也要探究深層的需求，其中還有價值體系的共鳴。

產品出來以後，還要在現場感受客戶的回饋。任何點評和市場調查，都比不上在現場的體驗。在現場，不僅要觀察、交流，還要自己體驗。除了體驗自己的產品，更要體驗對手和同行的產品。比如，我們原來有一款電視機，電視機的電源指示燈是很惹眼的藍燈，你巡房的時候沒法發現這個燈的問題。只有在這個房間住下，晚上被這盞惹眼的電源指示燈煩擾的時候，你才能發現這個問題。

## 3. 做好產品

製造業製造有形的產品，比如一件衣服、一把剪刀。互聯網上是軟體產品，比如微信、Keynote。服務業提供某項服務，有時候是軟體和硬體的結合。比如酒店業的產品包括客房等「硬產品」和人員的服務等「軟產品」。

酒店業的產品是一個整體，甚至前台的衣服、服務人員的態度、早餐的品質、wifi的速度，都構成了酒店的產品。

春江水暖鴨先知。產品好不好，客戶的體驗是最精準的。每一個細節，每一類客人，都非常重要，疏忽不得。比如馬桶的高度和前後寬度，東方人和西方人有差別，馬桶太高了，得踮著腳上廁所。再如旅遊客人需要大的衣櫃，方便將各類衣服攤開；但商務客人需要的是一目了然，沒有櫃門的衣櫥最合適，這樣就不容易忘記。

酒店產品不一定要讓使用者「尖叫」，可以潤物細無聲地打動他們的內心。

要做到這樣，一是要合乎常識，不譁眾取寵。我們接手麗江漫心的時候，所有的電源開關都是觸控面板，連我這個工科生都很難將需要的燈光打開或關閉，除了給客戶增添麻煩外，沒有任何價值。

二是要了解人性，尤其是人性的弱點。比如人都很懶，圖方便。加一個電扶梯到二樓，就可以非常有效地將人流引上去，樓梯和電梯的效果差很遠。比如人都貪圖便宜，喜歡占點小便宜。我們可以設計一些免費項目，漢庭客房的免費礦泉水和無線網路，就很受歡迎。再比如積分計畫，對於我這樣的人一樣有吸引力，乘飛機我還是喜歡積分，可以兌換免費機票。

三是要以合適的成本製造產品。尤其是在中低檔市場，對成本的控制和功能的取捨非常重要，甚至影響商業模式的成敗。在經濟型酒店行業，某個品牌以我們中檔品牌全季的成本來做經濟型品牌，RevPAR收入還沒有我們經濟型品牌漢庭高。可想而知，業主和投資者的回報有多差！功能的取捨同樣重要。比如在客房裡是否放浴缸？這個問題在設計我們高檔品牌禧玥的時候讓我們特別糾結。斟酌再三後，我們還是取消了浴缸，因為按照我們的商業模式，只有少數人會用到浴缸，但是放浴缸會增加較大的投資。衛浴多一個浴缸固然好，但我們還是在一個高檔品牌上捨棄了，以滿足我們的模式設計。

四是要符合主流客戶群的審美和價值觀。在貴族和紳士時代，客人講究被服務，被重視，被關注。所以門童、行李員、禮賓員等職位和記住名字等服務被廣泛推廣。麗思·卡爾頓的口號「我們以紳士淑女的態度為紳士淑女們忠誠服務」就是那個年代的典型標識。現如今呢？客人需要的是隱私、便捷、自助、環保。過多的服務和關注，只會讓人覺得討厭和煩惱。一群人圍著一兩個人，也會被視為不環保。那種貴族式的繁文縟節已經不符合潮流了。全季就是針對現代人的這個特點推出的酒店品牌。

在互聯網和移動互聯網的推動下，客戶的口碑變得空前重要。好的產品甚至不再需要做廣告，做宣傳。微信、微博、臉書等社群媒體，可以非常容易、非常迅速地將好的口碑、壞的口碑傳遍天下。酒店行業是個非常典型的體驗行業，水溫、噪音、被子床單的舒適度、床的軟硬等，客人都是實實在在地在體驗。做好了，不一定表揚和傳播，但哪裡沒有做好，很容易引起大家的不滿。

產品的重要性怎麼強調都不為過，產品實際上是商業模式在客戶身上的落地。因此每一個創業者，都必須是產品專家，用今天時髦的詞兒來說——產品經理。

從人性出發，用極客精神做好產品，在使用者的體驗過程中得到客人發自內心的喜歡認同，從而形成迅速傳播的口碑，進一步形成品牌——有了品牌才能連鎖推廣。這樣的一套邏輯和路徑，在任何時代都不會過時。所有的忽悠、投機取巧、偽創新，都會隨著時間的推移露出馬腳。

我們不投機，我們要做持久的品牌，做好產品是基礎和關鍵。

## 4. 旗艦店

旗艦店在連鎖企業創業中的地位非常高！

大家都知道紐約第五大道上的蘋果專賣店，也知道浦東高聳入雲的金茂凱悅、虹橋古北的家樂福、上海漕溪路的宜家、王府井的麥當勞、外灘東風飯店的肯德基……

旗艦店，有時候也叫樣板店，不僅僅是做出來給別人看的，更主要是企業將自己的商業模式，通過實體店表達出來。裝修風格、產品展示、成本造價、運營流線、客戶反應、租金、盈利能力等等，通過旗艦店打磨、測試，然後才進行推廣。自己都沒有想明白、搞清楚，如何讓別人投資加盟？

旗艦店最好從城市輻射農村，上海、北京的示範作用遠遠超過南通、昆山這樣的城市。位置也是越中心越好，建築和店面越醒目越好。

從位置到投資，旗艦店的配置可以稍微高標一些，做得極致一些。因為是母版，大家照著這個學習、拷貝，要考慮到複製過程中的遞減效應。但是，整個模式結構上不能走樣，否則就失去了示範店的意義。比如我們肇嘉浜路的全季，家居用品和房間裝修都是高標，因為位置好，RevPAR 也高些。它作為示範店的同時，並沒有破壞全季整體的商業模式結構。

在一個省份、一個地級市的第一家店非常重要，不管是不是直營店，實際上它就是我們連鎖品牌在這個地區的旗艦店。店的位置要中心、醒目，產品的標準、品質不能走樣。

旗艦店的轟動效應，包括盈利、形象、客戶體驗等，會是非常好的宣傳點，會形成很好的口碑效應，也是吸引加盟商的最佳利器。

創業初期，要重視旗艦店的建設，創始人多在旗艦店裡泡泡，琢磨、優化、疊代。我在西直門的建國客棧、新虹橋的漢庭都待了相當長的時間，許多創意和改進都是在店裡的實踐中想到的。

## 5. 品牌故事

每一個品牌都是獨特的，每一個品牌都有自己的故事。我們創業者，必須學會講故事。用生動的語言，講出你的激情，講出你的夢想，講出你的生意，講出你的設計，講出你的產品……

聽眾有投資人，有團隊，有客戶，有媒體，有社群大眾。所以故事可以有不同版本，但是主線是一致的。故事的語言應該是簡練的，聲情並茂的，通俗易懂的。我們可以用比喻，用幽默的笑話，用圖表，來說明我們講故事。

我記得IDG的周全第一次聽我們講商業模式，跟我講：用三句話講清楚你要做什麼。我當時有些吃驚，這麼大的投資，三句話就行了？大道至簡，因為他們整天聽別人說商業模式，各式各樣忽悠的人都見過，創意的好壞，往往在這「三句話」的要求下現出原形。

我也是一個非常善於跟員工講故事的人。在漢庭剛剛建立的時候，我告訴大家，我們要做中國酒店業的領先企業；上市後，我又提出成為世界住宿業領先集團；今天，我又告訴大家華住要做世界酒店業第一。每次我這麼說，大家都將信將疑。我就會拿出有理有據的分析來，而且還有路線圖。當我們一步步實現了傳說中的故事，團隊就更加有信心，就會更加堅定地跟隨你去奮鬥。

給媒體的故事要「語不驚人死不休」。攜程的時候，我講過「攜程是旅行社的掘墓人」，這句話至今仍然振聾發聵。我們要盡量跟熱點靠近，迎合媒體和大眾的興趣點。畢竟，像蘋果這樣能夠製造熱點的公司是鳳毛麟角。

最重要的故事是要說給客戶的。比如漢庭的「上好網，睡好覺，洗好澡」，全季的「簡約」生活，海友的「四海皆朋友」，漫心的「浪漫之心、散漫之心」；禧玥的「輕奢華」，等等。每一個品牌都要找到獨特的訴求點，它可以是客戶的痛點，可以是品牌的特點，可以是打動客戶內心的一句感性的話。

當然，最重要的是故事和實際相吻合，最忌諱的是講得多，做得少；故事天花亂墜，實際一塌糊塗。這樣的故事沒人信，這樣的品牌不會持久。這也是某些先品牌後產品酒店的致命弱點。

在講故事的時候，也要注意分寸和火候。往往要做的不說，說的是我們做過的事情，至少是正在做的事情。不能撒謊，但是可以不說，或者不全說。戰略目標過早地暴露，也會給同行和對手提供火力點。

## 6. 團隊

創業團隊的組建，在創業初期尤為重要。

在創業初期，不能用高薪去招募人才。用高薪招募來的人才往往也禁不住創業的折騰。吸引人才最關鍵的是感召力。我們要用理想、夢想，要用我們的個人魅力去感召人加入初創公司。所以創業初期的員工，往往比較感性，在專業性和知識結構上，不一定是行業內最傑出的人才，有些甚至是有明顯缺點的。

對於有明顯缺點的人，我們要用人所長，容人所短，每一份資源都極其寶貴。對於充滿激情但不夠成熟的團隊成員，要多溝通，多錘鍊。利用我們自己的個人時間和情感，多和團隊交流。聚餐，郊遊，讀書，學習小組，培養共同的興趣愛好，比如跑步、足球、羽毛球等等。

創業對人的鍛鍊是非常大的。許多人通過創業飛速地成長。今天中國許多成功的企業家，大部分不是來自大企業，而是從小企業成長起來的。比如馬雲的「十八羅漢」，華住的大部分高管。

對於關鍵人才，沒法給予高薪酬，但是不能忽悠他們，要跟他們分享成功的革命成果。期權是好的工具。資產重的，期權可以少一些，5％以內是合理的；人力資源重的，10％—20％也是合理的。

在創業初期，激情是非常重要的，激發激情是領導者的重要任務。保持和維護激情同樣重要。讀書會、學習小組，甚至啤酒會、野外拉練，都是保持創業激情的有效管道。辦公室晚上燈火通明，週末、節假日加班是常態。創業公司沒有什麼加班的說法，創業公司的字典裡是沒有這個詞的。

## 7. 競爭對手

誰是我們的朋友，誰是我們的敵人，這是革命的首要問題。誰是我們的盟友，誰是我們的競爭對手，這也是創業的首要問題。

競爭對手除了時刻提醒你努力上進之外，還定義了你的邊界和擴張戰略。

如果在一個領域，某一個競爭對手的規模已經很大，創業的困難度就會很大，比如BAT，比如攜程、華住這樣。但是，隨著技術的發展、商業模式的演進，借助新技術或者新模式，顛覆這些霸主也是可能的——比如去哪兒、美團、京東。

在傳統行業創業，不能光靠時髦的詞和噱頭，要憑真才實幹，要有真材實料。往往效率、成本控制、執行力這些基礎的東西很重要。

在傳統行業創業，也要借助流行的概念，利用流行的概念。這在融資、傳播、吸納人才的時候，都很有用。比如，攜程的早期，實際上就是一個呼叫中心為主的傳統酒店仲介，但融資的作價是互聯網企業的作價，宣傳上也充分利用了互聯網的泡沫和潮流。包括人才的吸引和激勵機制，都充分地用足了互聯網概念。

發展的節奏和策略也要針對競爭對手來制定。最理想的狀態是又快又好，但是如果對手太快，我們必須跟他們在一個數量級上，不能苛求品質，輸了速度，贏了戰術，輸了戰略。ibis（宜必思）就是這個方面的例子。

不要跟競爭對手針尖對麥芒，要學會錯位和差異化，拚錢、拚血、拚刺刀不是很好的競爭策略。漢庭在如家轉戰二三線城市的時候，固守一二線城市，占領吸引眼球的建築物的策略就很成功。南方的城市便捷，在我們發展薄弱的地區，比如廣西、湖北，認真研發適合三四線城市的產品，充分地占領這些地區，也是一個成功的競爭策略。

二〇一四年九月二十日

# 企業家和專業管理者

只憑藉企業家精神的創業者，如果沒有系統的管理經驗和知識，要造就一個大企業很困難，風險很大。而專業管理者在草創期優勢不強，甚至會礙事。不管是有意無意，我的這三個企業都將這兩者結合得很好。

創始人通常有市場行銷、技術、特定行業等背景，對市場和產品很熱情，對企業日常運作不感興趣。通常，他們自認為比別人聰明。他們極富冒險精神，做事雷厲風行，個性鮮明，缺點和優點一樣突出，喜歡以自己的方式行事。

他們對企業往往採取開放式承諾，這意味著他們的企業不僅僅消耗掉他們生命中的大部分時間，而且往往企業就是他們的生命。有許多人將經營企業看作是場有挑戰的遊戲，也是個人深層次快樂的源泉。

專業管理者（大多數用「職業經理人」來稱呼）大多受過良好教育，許多畢業於美國名校，在跨國企業任職多年，受過系統的專業訓練和薰陶。理性、客觀，重數字和邏輯。在激情、冒險、果斷、創新和宏觀視野上往往和創始人不太一樣。

國內有些民營企業，創始人（大多數也是企業的老闆）往往重權力和裙帶，不信任外來的專業管理者，不輕易放權。在經理人和家族成員或元老的碰撞中，他們總是偏袒自己一方。這樣，外來的管理者就發揮不了應有的作用。如果強行推行一方的政策，就會有許多不愉快，最後總是經理人失望地離開。

也有一些職業經理人，尤其是被風險投資主控的創業企業請來的，會抹殺創業者的所有貢獻，放大公司的問題，將問題全部歸於創業者和前任。有些甚至試圖綁架企業，為自己的職業生涯鍍金，謀取個人短期利益。

在中國，企業家和經理人都是寶貴的稀缺資源，應相互尊重，平等相處。不要「有錢人」看不起「讀書人」，也不要「海龜」看不起「土鱉」。這兩種人誰也代替不了誰。如果不遵循這個規律，就會付出慘重的代價。

在中國目前這個野蠻、快速生長的商業環境裡，相互學習，共同成長，才能雙贏。在當前的商業生態環境下，一個理想的企業家應該貫通中西。不僅要熟悉本土的商業邏輯和環境，還要深諳東方歷史文化和傳統；不僅要懂得西方做生意的語言和規則，還要學會運用現代企業的高效管理手段和工具。

所有的企業根子上是股權結構。VC、PE占70％的公司和創始人占70％的公司，在許多根本性的問題上是不一樣的。有什麼樣的股東，就會有什麼樣的董事會，而管理層就是執行董事會決策。公司的戰略、經營目標、價值觀和文化也是和股東的意志相呼應的。

因此我認為，一個理想的優秀企業，應該有一個壓艙的大股東，結合專業管理，方能強大、持久和穩定。一個沒有靈魂和理想的企業，只會變成冰冷的賺錢機器和造富工具。

二〇一八年四月二十五日

# 時代和傳奇創始人

這個時代，創始人常常被扣上「傳奇」的帽子。其實，所謂傳奇，是時代和時勢創造了你。

拿我個人來說，我是個農村孩子，可能稍微聰明點，沒有長得特別帥，也不是天生就富有魅力。在我看來，很多創始人、「傳奇」的企業家，把衣服脫光了，扔在一個大澡堂裡，大家是差不多的，誰也沒有三頭六臂。被稱作「傳奇」，是我們創造的企業、外界對我們的宣傳，以及我們的一些思想給社會帶來的影響力造就的。

另一個原因是，在這個充滿變革的時代，領袖人物的確是很關鍵的。

假設在一個風平浪靜的環境，比如說在一個每年增長5%到7%的西方國家的大公司裡面，外部環境四平八穩，內部也沒有什麼變革，我認為像我這樣的人，估計沒什麼大作用。我的CEO肯定比我更適合當老大。而中國這樣一個有著太多變化的環境，需要我這種人。

我們這些人的特點是什麼？就是危機感非常強，而且極其敏感——危機，就是危險和機會。藝術家有著對情感的敏感，我們是對商業環境非常敏感。這種敏感度，我認為是長期的思考，和不斷地在生與死，在困難、折磨中煎熬，練成的直覺。

以我個人為例，我不會整天去關注訂房率、股票這些細節，我持續關心的是整個消費的趨勢變化。如果我麻木了，敏銳度不夠了，變得主觀、封閉、不開放，有可能會影響到企業的走勢、方向。

創始人常常有一些看起來是「非理性」的判斷。我的很多觀念，不是在哈佛課堂上學的，而可能是通過看佛經，或者從日常生活中得來的，也可能是跟藝術家聊出來的，或者跟健身教練聊出來的。

比如最近我的皮拉提斯教練跟我講，要用最少的力氣做最好的動作。他這句話一下子就點醒了我。一個好的動作，一定是用最少的力氣來做的，用最大力氣做的動作肯定是不好的，至少不能持久。因為這個動作可能是代償的，有你不知道的消耗在。道法自然，自然裡的一切都是和諧的、完美的。所以好的動作一定是不費力的。

這幾年，我慢慢開始接受一些非理性的東西。有時候，我跟CEO討論事情，到最後爭不下去了，她會跟我說，你說的我不太能理解，我也不太贊成你的觀點，但是你正確的概率比較大，聽你的。創始人有這樣一種能力。這大概也是「傳奇」所在。

但是，我們千萬不要忘記，是這個時代創造了你，而不是你創造了這個時代。個人在整個社會裡總是渺小的，哪怕是個英雄人物。

單個的英雄人物創造不了歷史，歷史是許許多多的英雄和人民一起創造的。

二〇一八年四月十八日

# 創始人要深度沉浸於產品

創業過程中，對創始人來說很重要的一點，是要深度沉浸於你的產品。

我們酒店過去所有的直營店，我都親自去現場看過。很多經驗和思考，也是從這種反覆的觀測、思考中得來。比如排房，一般人是在兩面承重牆之間劃出兩間房。比如兩面間隔七米的牆之間，就能開出兩個各三米五寬的房間。但有沒有可能錯開這個牆來排呢？兩個柱子間如果是八米的話，一半四米，房間就太大了。還有的房間可能特別寬，怎麼辦？或者如果遇到排下來其中一個房間是暗房，怎麼辦？

這其實就是幾何。切來切去，看怎麼切最有效果。

設計方面，做漢庭的時候，我意識到，現在的很多產品不能一味追求成本低，而是應該做得漂亮，注重審美潮流。比如，那時候已經不適合把太鮮豔的顏色塗在牆上，而是需要含蓄的。

早期，漢庭在吳中路開門店，也是我去看的現場。那個結構相對複雜，特別難排房。它的樓中間有個天井，後來我創造了一個拐彎排房的方法，充分利用每個空間。我把其中一個特別長的房間變成套房，最後很舒服。那個房間是賣得最好的。我在房間裡放了兩米寬的床，平常一米八的床在那個空間裡顯得小，兩米的床，客人開心，房間也顯得更加勻稱。衛浴的設計，我也參與其中。之前我們曾經用玻璃來分割廁所和淋浴房。但玻璃打掃很麻煩，而且在冬天讓人感覺很冷，覺得不舒適。後來我把這個改掉，不再用這個設計。

我不太相信諮詢公司和市場調查的結果。我認為一個企業家的優秀之處，就是切身的感受能力。市場調查，如果調整調查參數，完全可以得出不一樣的結論。

做市場調查，我們能找多少人去做這個問卷呢？再者，你找的人是對的嗎？如果他不是我的目標客戶，那肯定問錯了對象。如果要做漢庭的市場調查，你就得問一個剛剛畢業一年的，在靖江或者淮陰工作的年輕人，這樣的調查方向才對。如果是全季，又要問不同的人。

我身邊的人跟我一樣，產品研究都非常深。我常跟張敏說，一個酒店公司的CEO如果對產品沒有深入了解，很難成為一個好的CEO。

創始人只有深度浸潤到你的產品中，才能夠找到未來的方向。

二〇一八年四月二十一日

# 預期未來的經驗

開始創立漢庭的時候，我提出了漢庭的三年、五年計畫，什麼時候開多少店，什麼時候上市，這些時間節點，都計畫得非常詳細。

很神奇的是，這些時間節點，後來都被一一驗證了。

我想，我的計畫精準，不是因為我比常人更具理性，而是源於我對整個事情的思考過程。

在做漢庭前，我已經創始了如家，所以很多彎路和挫折，我知道如何避開。在思考漢庭的時候，我的腦子裡有了一幅圖畫，環境發生了什麼變化，產品需要做哪些調整，都很清晰。有了產品，哪一年開多少店，投多少錢，需要多少人，需要多少資金，我們自己能帶來多少現金流，這個帳馬上就能算出來。之後，融資的節奏也就有了，上市的規模和日程表也隨之清晰地浮現出來。

到了實踐的時候，有時候現實會落後於腦海裡的場景，那麼你就需要加油。有時候我覺得發展速度太快了，影響了產品質量，就減慢速度。比如有一個階段，我們在一線城市的擴張太快了，就馬上把一線城市的投資減少。就這樣來來回回，加速減速，使得整個企業有張有弛有節奏地往前走。

計畫被現實如此精準地驗證，可以說是一種巧合。而這個巧合的背後，是長期的思考、經驗的整合。

這一點，我認為和一個好的醫生所實施的治療有共通之處。一個好的醫生剛碰到一個病人的時候，會有自己的規畫，而最後的治療結果跟規畫往往非常接近，或者超過這個規畫。他有經驗，知道自己的治療方法、使用的藥物能夠對病人的身體產生什麼樣的作用。這種治療要面對不一樣的個體，不可能每次都成功，但能夠做到90%的成功率，就是好的醫生。

我們酒店的名字都是我取的。如家、漢庭、禧玥、華住……都是我想的。我的文采並不好，但我覺得我取的名字還挺好的，因為我思考的時間足夠長。就像小時候做幾何題，沒有我做不出來的。為什麼呢？我吃飯的時候在想，上廁所的時候在想，睡覺前還在想，想不出來，我是不會放棄的。一直在想，總能想出來，它無非就是那幾個模式。這跟商業很像。

預想能夠成功，是因為我在這個事情上投入了全部的心力。當一個人很專注，而且專注的時間足夠長的時候，奇蹟就會發生。

二〇一八年五月五日

# 大連鎖管理

我從事連鎖企業經營管理十幾年，雖然是在酒店業，但是整理總結一下心得體會，對其他連鎖企業應該也是有借鑒意義的。

我認為大連鎖管理主要是從四個方面入手：理念、經濟、技術、社群。這四個方面正好對應人類最典型的四類組織原則的精髓：理念對應宗教，經濟對應商業，技術對應軍隊，社群對應家庭。

## 1. 理念

理念最為重要，可謂一個組織的靈魂所在。一個宗教組織主要靠共同的信仰來維繫，這種信仰往往觸及根本，比如生死、意義、靈魂等。這種形而上的認同，超越所有可能的形而下，因此更持久和可靠。幾大人類的宗教組織都延續了幾千年。

商業連鎖雖然是一個商業化組織，理念同樣頭等重要。

一個企業的價值觀決定了這個企業所有的可能性。比如，企業的目的是什麼？是為了圈錢上市還是締造偉大？比如，企業如何看待客戶、員工、股東和社會？是善待員工還是拚命地盤剝？是欺騙客戶還是為他們帶來價值？是自私自利地苟且還是崇高地創造美好？

連鎖企業分布在眾多不同的地理位置，員工分散，來自不同的背景，家庭、教育、宗教、性格等千差萬別，推行共同的價值觀看似是很挑戰的事情。

其實，每個人心裡都渴望某種崇高和偉大，渴望能夠找到可以為之付出一生的使命。平凡的生命只有融入到偉大裡面，才能不孤獨，才能找到意義。

在大連鎖裡，面對多層次的廣大人群，價值觀的闡述和表達要簡單明瞭，口語化，口號化。除了銘記在心，牆上張貼、名片上印刷都是可行的方法。

以華住企業理念為例。

創始人的初心：一群志同道合的朋友們，一起快樂地成就一番偉大的事業。

價值觀：求真、至善、盡美。

願景：成為世界級的偉大企業。

使命：成就美好生活。

## 2. 經濟

作為一個商業機構，利益分配的設計當然重要。大的方面在客戶、員工、股東之間的利益權衡。想多賺客戶的錢，價格高了就失去競爭力，太低了，企業就沒有利潤；員工的福利、待遇也是要恰當、適中。比如我們華住有六萬人，每人每天增加十塊錢的伙食費，全連鎖全年就將近二點二億。但是，太苛待員工，除了沒法提供讓客戶滿意的服務，能不能招到合格的人都成問題。這幾年人工成本漲得很厲害，未來還會繼續上漲。我們的薪酬無法做到遠遠高出同行，只能做到略高於行業平均水準。股東的利潤要在平衡好客戶和員工的利益後才能有所體現。

大連鎖的每一個門店都是一個有機的經濟體，牽涉到業主、員工、客戶等諸多方面的利益分配。如果沒有一個清晰明確的利益分配系統，無法進行複製連鎖，那麼許多門店都會虧損、衰敗。一旦大部分門店無利可圖、無人可用或者無人光顧，這個連鎖也就無法維續。

獲取物業時，許多時候是跟所有的業態競爭。坪效高的擠走坪效低的，品牌強的擠走品牌弱的。在許多大的商業中心的餐飲區域，這一點特別明顯。大部分商業中心的業主招商的時候對品牌有要求，不好的品牌不讓進；你即使進來開店了，客單價和客流量不夠，也無法持續經營下去，最終將面臨關店的命運。所以，大連鎖的經濟帳得過硬，禁得起考驗。

在不同員工的利益分配裡，績效考核是必須的。多勞多得，少勞少得。貢獻大的多得，貢獻少的少得。比如我們客房服務員採取計件制，我們前台售卡採取提成制，我們門店店長採取平衡計分卡。不同崗位的不同考核方法是為了獎勤罰懶，使得員工的利益分配基本公平合理。

在華住體系裡，首先是要保障客戶——客人和加盟商的利益。我們以盡量低的成本，為客人提供價格合適的產品。比如我們盡量少用仲介，而是實價銷售，就是在流通和管道上做到高效、低成本，為客人減少不必要的附加成本。至於不盈利的加盟店我們是否接受？答案是顯而易見的：業主不盈利，如何保障員工的基本利益，如何能夠做到持續經營，又如何給我們品牌和管理方帶來利潤？所以，我們在發展中，會對業主成本和投資回報進行有效評估，不能盈利的酒店不予接受，因為違反了最基本的商業原則。

對於員工，除了給予略高於市場平均值的薪酬之外，我們更多地通過技能和職務提升，不斷提高骨幹員工的待遇。這樣的策略在高速發展階段非常有用。在新常態下的發展速度下，應該轉換成：依賴精耕細作對於效率和收入的提升，來跟員工分享成果。

股東的回報目前主要是通過股價的上漲來實現，同時我們每年基本都有一定比例的分

紅。雖然企業處於不斷的發展中，需要盡可能多的資金用於擴張和投資，但是對於股東還是要保證每年有一定比例的分紅才對，這實際上也是股東對於投資最原始的目的。

中國的優質供應商不多，品質要求稍有提升，成本通常會劇烈上升。因此在供應鏈上，更多的是通過利益來調節，才能吸引和保留優質合規的合作夥伴。當然，大的採購量增加了談判籌碼；對於效率低的供應鏈的滲透，幫助他們提升效率，也可以保證在不損壞供應商利益的前提下，降低我們的成本。

至於一個盈利良好的企業，對國家和社區的貢獻我就不多說了。在社會核心單元已經是一個個商業機構的市場經濟環境下，怎麼強調企業的盈利能力都不為過。除了稅收，對社會的貢獻還在於提供就業機會、維護穩定、提升生活質量（服務業）、建設能力（製造業）等等。

### 3. 技術

現代的大連鎖，沒有恰當的技術工具和手段，基本上沒有辦法正常運作。

我這裡所指的「技術」實際上是兩類不同的管理工具。一是現代企業通行的層次架構，由總部、分部、區域、門店等組織框架組成，有流程、管控、審計、審批、考核等規範和制度。

現代企業，當然包括區域分散的大連鎖，它需要用某種方式組織起來，這種方式既不同於家族式的種姓方式，也不同於游牧式的隨機組合。自上而下，自總部到門店的中央集權式管理方式是目前通行的組織形式。其好處是通過連鎖網路，可以獲取總部「關鍵少數」的抽象思考和智慧，許多公共職能可以高效、高品質、低成本地「共用」和「複用」。壞處是容易僵化和教條。

所以，如果能在大方向一致的前提下，充分調動一線的思考和創造力，發揮連鎖組織所有人員的智慧和力量，那將是一件非常了不起的事情！

另外，傳統現代企業的架構，有沒有可能因為移動互聯網等技術的普及，變得更加扁平和直接，減少中間層級，賦予終端更多自主權？

這兩種設想都是我們要在未來管理實踐裡去探討和試驗的。

「技術」的另一層意思是指以ＩＴ技術為主的最新科技，包括ＩＴ、通訊、感測器、控制器、機器人等。

在包含眾多物理點、海量信息源的大連鎖系統裡，我們沒有辦法窮盡所有的細節，但為了保證服務品質和對連鎖門店的把控，我們有必要有效地收集和使用這些信息。其中最有效的辦法就是ＩＴ技術。可以這麼講：現代連鎖的建立是由ＩＴ技術支撐的。不管是沃爾瑪，還是銀行業，當然還有華住這樣的連鎖酒店，在後台都有一顆非常強大的ＩＴ心臟在支撐，否則，「連鎖」將會不「連」，更談不上「鎖」。

雲端概念的運用是整個ＩＴ技術裡非常關鍵的一個點，特別適合多地域、分散式連鎖企業。資料集中，便於分析挖掘；應用軟體維護修改容易，方便部署和實施，而且可以做到初始設置和邊界條件的差異化，做到不同門店的個性化和定制化；安全性、穩定性增強，避免了門店資料破損的風險；門店硬體成本大大降低，維護成本幾乎為零，對於大連鎖來說，投資和運營成本都能有效地降低。

ＩＴ等技術，在減少管理複雜度上也功不可沒。可以將許多成熟的流程和實踐，通過軟體固化下來，這樣可以省卻新員工的培訓，降低員工的任職要求。

毫不誇張地講：一個優秀的連鎖企業，一定有一支優秀的ＩＴ團隊。而ＩＴ專案必須是一把手工程，必須是內部研發為主。那種扔給ＩＴ負責人（不管叫啥抬頭）、扔給外包公司的做法，既不負責任也不可能取得好的效果。

## 4. 社群

中國是一個人情世故觀念非常重的國家。在從祠堂走向辦公室的過程中，許多人的內心深處還殘留著鄉情的餘溫。

大連鎖企業跟其他企業一樣，老鄉、同學、師徒、同事、朋友等小社群也相當有影響力。我們經常發現，如果一個門店的員工團結，這家門店往往業績和服務就都好。海底撈是一個將小社群運用得特別好的企業。一開始的時候都招聘四川人，本鄉本土，團結凝聚，一致對外。還把獎金寄給媽媽，有效地拉攏了家庭成員的支持。

只要是人類的組織，這樣的民間社群不可避免，其雖然從某種意義上削弱了連鎖的一致性，但是，一味地壓制和打擊不是辦法。善加利用，進行正確引導和運用，能夠起到事半功倍的效果。

比如，可以通過老鄉關係招募客房服務員，她們在一起還可以相互幫助，傳幫帶；可以通過師徒關係帶幹部、培訓員工，師父有成就感，徒弟感恩，在連鎖裡共事更融洽；同一期培訓學院出來的，相互了解多，除了友誼競賽外，大家碰到問題和困難，更容易相互幫助。

只要能夠將工作做好，拉幫結夥不是壞事兒。在偏遠的散落的連鎖門店，這些活躍在基層的社群是人文溫情的體現，我們要尊重並加以引導，使之成為連鎖穩固的黏合劑。

連鎖管理的所有落腳點都是門店。總部權力範圍盡量小，部門盡量少，成本盡量低，能夠社會化的盡量社會化，有競爭力優勢的職能部門甚至可以給其他企業提供服務，變成本中心為利潤中心，甚至分拆單獨上市。

這四個方面是一個有機整體，缺一不可，但是可以在企業不同時期、不同地域、不同商業領域中各有側重。管理的藝術性就在各個方面的配比裡。能夠創造出最大價值，就是最好的配方。

以共同價值觀為指引，充分利用已有的技術手段和工具，調動社群到與企業目標一致的方向上，激發一線的積極性和活力，以實現商業機構的價值創造，並跟所有價值創造者分享價值。這不僅是大連鎖企業的管理之道，也是所有企業的管理之道。

# 三　華住哲學

華住精神是「狼性」和「龍馬精神」的結合，
我們不能沒有了狼的進取和凶猛，
同時也要具備馬的堅韌和龍的大氣。

注：此部分為作者二〇一四年總結集團管理經驗的文章合集，二〇一八年二—四月作者對它們做了修訂和補充。

# 企業哲學

胡適闡述、後來為國民黨部分接受的實用主義及逐步進化方法，與中國共產黨採用的馬克思主義的革命方法——從一九二一年以降的中國近代史，主要是這兩個黨派及其不同途徑鬥爭的歷史。——徐中約《中國近代史》

這些問題（具體國際事務）不是在我這裡談的問題。這些問題應該同周總理去談。我談哲學問題。——一九七二年毛澤東會見尼克森

不管白貓黑貓，抓到老鼠就是好貓。——鄧小平

求知若飢，虛心若愚。——史蒂夫・賈伯斯

「知行合一」「致良知」。——王陽明

一個王國、一個企業，一個政治家、一個企業家、藝術家，他們的成功和他們在歷史中的位置，是由他們的哲學決定的，不是槍炮、不是強權、不是金錢，也不是人格魅力。

馬雲開始做阿里巴巴的時候，也許沒有想到這個企業會做到今天這個地步。但是他的立意很高，是個很有思想的企業家，也是個很有人文精神的人。他說要「做一百零一年企業」，做一個跨世紀的公司。

上海灘曾經有過很多首富、大王，這些企業家給人們留下深刻印象的並不多，更不用說留下思想理念了。沒有很高的理念、很深邃的思想去支撐，企業是走不遠的。

企業要走得遠、做得大、長得高，必須要有一些人文的東西在裡面。不能光是商業，光有商業這個企業會比較脆弱。單純為了利而來，為了利而去，沒有信念，沒有理念，企業會很脆弱。

一個企業能夠走多遠，能夠有多強大，是由這個企業的思想，和這個企業的哲學決定的。思想和哲學的高度與深度，決定了這個企業的力量和潛質。

關於企業宗旨，時髦的詞是「文化」。許多企業家和媒體都用「企業文化」來泛指企業的最高宗旨。這不夠準確。「文化」這個詞太大，被使用得太濫了，不夠精確，還有些矯飾和膚淺。文化是哲學的表象，不是機理。

一個企業的哲學，和創始人的人文思考分不開。創始人如何看待人生，如何度過自己的一生，如何看待世界？他的哲學觀、人生觀、世界觀、宇宙觀，決定了一個初創企業的哲學。

## 1. 我的生命哲學

我自己的生命哲學，從真、善、美開始。

這是我生命哲學的匯總，也是我做這個企業最根本的出發點。

人首先必須求真。不知道什麼是真理，就不能辨別善惡，也就沒法在有限的生命裡創造美好。

人到底是什麼東西？在宇宙中我們是什麼地位？

從空間上看，人太渺小：地球直徑近一萬三千公里；太陽是地球的一百倍；銀河系中，有一千多億個太陽；宇宙至今所知，有十億多個銀河系。人在宇宙裡就是個塵埃，甚至在宇

宙的塵埃裡，也只是一個非常微小的塵埃。我們常常覺得自己就是宇宙的中心、世界的主宰，但從宇宙的維度來看，人類是非常非常渺小的。

從時間上看：地球已活了四十六億年；太陽壽命大致為一百億年，目前太陽大約五十億歲；根據宇宙大爆炸模式推算，宇宙年齡大約一百三十八億年。假如一個人活到一百歲，一百除以一百三十八億，億分之一還不到。

在這麼短暫的時間裡，人類的終極命運還不可知。霍金預言一千年內人類將滅亡，除非能殖民外太空。

按照廣義和狹義相對論，連時間和空間也是相對的。我們活一百歲，在另外一個時空看，可能只過了一年，甚至一秒。我們所說的幾千公里，在光速級的空間裡，只是幾米，甚至更短。

在時間裡看，我們很微不足道；在空間裡看，我們很渺小；甚至我們這麼確定的時空也是不確定的。

對宇宙的這些最根本問題，無數偉大人物也都思考過，糾結過。不管是誰，都迴避不了對這三個問題的思考：「我是誰？我從哪裡來？到哪裡去？」

我是誰？我是地球上人類的六十億分之一。如果算上地球上有人類開始到現在的人口——大約一千億，那我是一千億分之一。我們沒有什麼特別的。不管多麼偉大的人物，都只是歷史長河裡一千億分之一而已。

我從哪裡來？到哪裡去？我們都是來自宇宙的物質、能量和靈魂。雖然對於有沒有「靈魂」的答案不是很肯定，但隨著年齡的增長、知識的積累，我反而對這種可能性抱著更加開放的態度。我們的肉體消亡以後，回歸於宇宙的物質、能量和靈魂。不管靈魂有還是沒有，我們都是宇宙的過客，從哪裡來，到哪裡去。

生命的意義在哪裡？如何度過自己的一生？聽上去如此悲觀的生命，有什麼意義嗎？我認為，生命沒有本體的意義，「意義」是由客體定義的。客體不同，意義不一樣。生命只是「過程」，不是「意義」。

既然是過程，就要考慮如何度過。

許多人沒有認真想過怎麼度過自己的一生，只是希望能夠活得長點，吃得好點，住得好點，錢多一點，官大一點，基本上是渾渾噩噩地過。但既然生命是個過程，那就該活精采了，活暢快了，活淋漓了。我為什麼創業多次，不停折騰？也是基於這樣的人生思考。既然在世上走一趟，為什麼不去探索各種的可能性？為什麼不讓自己的生命之花盡情綻放？

也正是基於這樣的理解，我得出自己的事業理想：「一群志同道合的朋友，一起快樂地

成就一番偉大的事業。」

人在茫茫宇宙裡微不足道，生命如此短促，「譬如朝露」。既然上帝給了我們生命，為什麼不善用這些「物質、能量和靈魂」？為什麼不在有限的生命裡做點事呢？我們每個個體是如此孤單。我們渴望愛和被愛。我們需要別人，也希望自己被需要。如果一幫人懷著相同的價值觀和理想，手拉手做自己熱愛的事情，成就一番事業，是不是可以賦予「過程」一些意義呢？是不是可以在孤單生命裡感覺到一些溫暖，感覺到一些愛呢？

因此，我的生命哲學可以概括為六個字：求真，至善，盡美。追求真理，到達善的境界，追求生命中極致的美。

這些對生命意義的終極思考，大多數是年輕時在大學草地上的思考和領悟。雖然經過若干年的磨礪，有更多的提煉和昇華，但我的生命哲學沒有本質的改變。我以後的人生基本是按照這樣的哲學體系在實踐。華住哲學就是我的生命哲學在企業中的應用，是我的生命哲學的延伸。

## 2. 華住的使命、願景與價值觀

華住哲學的根本點是願景、使命和價值觀。

我們在給出答案之前，必須首先思考，為什麼做企業？企業的目的是什麼？企業的意義是什麼？

大多數人認為，做企業是為了賺錢。這是做企業的表層目的。賺錢以後呢？還是賺錢？許多人成了錢的奴隸。實際上，財富只是社會給你的一個數字標籤，是社會獎懲體系的一部分，是物品交換的媒介。它是企業的目的之一，但不是根本目的。

管理大師德魯克認為企業的目的在自身之外（這和我「生命沒有本體的意義」類似），認為企業的目的是「創造顧客」。這個道理比較高深，普通人不容易理解。為了探究企業更深層次的意義，有必要回顧歷史，有必要跟西方做些對比。

中國傳統上一直看不起商人和商業。階層排序「士農工商」，生意人從來都排在最後，被人看不起，被認為「無商不奸」，開餐館、客棧的都被叫「店小二」。

從明朝的心學開始，士大夫們對商人的看法才有所改善。這要歸功於王陽明。他提出商人和其他人一樣，都可以成賢，都可以成佛，人不分什麼三六九等。但後來的社會對陽明心學這一部分的理解和重視並不夠，沒有能夠逆轉輕商的社會習氣。最近一次對商業的鄙視來自「文革」。

歷史上主宰中國發展最重要的規律是「王朝週期律」：每隔若干年，一個朝代會崩潰，被另一姓氏的王朝替代。

為什麼西方沒有經歷這麼劇烈的動盪和不斷的重啟？西方的商業規則比我們早得多，商業是最好的避免暴力革命的手段。如果中國的市場經濟能夠很好地發展，革命的概率就會減少，改朝換代的週期就會延長，直至消失。

熊彼得說過，資本主義的典型成就並非在於為女王們提供更多的絲襪，而在於能使絲襪的價格低到工廠女工都能買得起的程度。這句話說得非常好，用直白的語言點出了生意的意義。

我認為商業是通過對創業、創新者的利潤激勵，造福於絕大多數人。商業是推動整個社會進步、改變社會不公的手段之一，是效率最高、破壞最少的手段。

我們做生意是為了社會的進步，為了讓這個社會公平，為了更多的人能夠過上好的生活，這才是生意（企業）的根本目的。

基於以上對企業目的和意義的思考，我們認為華住的使命是：成就美好生活。

當人們在旅途中、在路上，我們的酒店就是他們休息、工作、吃飯、睡覺的居所。我們從事的是貼近百姓日常生活的「衣食住行」行業，和生活質量密切相關。有多少旅途中的人們，因為我們的現代連鎖酒店，花費不多的錢，就可以在旅途中安心地睡覺，舒舒服服地洗澡，享受著高速 wifi。因為我們的努力，人們提高了他們的旅途生活質量。

華住，為旅途上的人們成就美好生活。

我們的員工因為華住這個平台，可以有施展才能的地方，可以參與到一番偉大的事業裡，可以靠自己的獎金、股票和期權，買上別墅，換上好車，給出國留學的孩子籌措學費；更多的基層員工，可以在一個相互尊重、友愛的氛圍裡工作、生活，可以用薪水供養父母、撫育子女、改善生活。

華住，為我們的員工成就美好生活。

加盟商通過加盟華住的品牌，獲得穩定可靠的投資回報，省卻了繁瑣的酒店日常管理工作。

華住，為加盟商成就美好生活。

華住的供應商、合作夥伴，通過與華住的合作，達到共贏的結果，雙方相互信任，相互支持，共同成長。在成就華住偉大事業的同時，也成就了他們自己。

華住，為合作夥伴成就美好生活。

華住健康發展，投資人購買股票，投資華住，回報也是豐厚可靠的，他們的生活一樣美好。

華住，為股東成就美好生活。

華住的發展壯大，提供幾萬人的就業，數十億的稅收，環保綠色，對於社區和國家也是

非常大的貢獻，是社會健康向上的細胞。

華住，為社區和國家成就美好生活。

華住要在自己身邊形成一個良性循環的生態鏈，這個鏈條上的每一個單元，都快樂、健康、幸福、美好，充滿正能量。我們都懷著同一個理想——讓生活更美好。我們對企業的理解，不是簡單將之看成「賺錢」或者「創造客戶」，而是從更高的層面看待它。企業跟宗教、藝術一樣，服務於人，讓人們快樂，讓生活美好。

如果企業和生命一樣，都沒有本我的意義，只是個過程，那麼除了讓這個過程美好快樂以外，如果有機會，就應該達到應有的高度，追求那種極致的美。

現在，華住只能說是一個優秀的國家隊，離「世界級」和「偉大」還有距離。華住人永遠追求卓越，取法乎上。在新形勢下，我又提出了一個更高的目標：華住要成為酒店業的世界第一，要成為千億級的公司。因此，我將華住的願景描述成：成為世界級的偉大企業。

我將自己的生命哲學，同樣應用到華住的價值觀上。華住的價值觀就是對真、善、美的追求。

華住的真，是基於對生命意義和企業目的的理解得來的，也就是我們對於華住使命的理解——成就美好生活。

華住的善，是平等、共生、大義、大愛。

華住的美，是簡潔而不繁複，樸素而不做作，圓潤而不突兀，合適而不鋪張，隨性自在而不妖嬈。

對應於華住的真、善、美，我總結出華住的「四德」：

樸（真）——簡樸、執中

恭（善）——尊重、友愛

勤（善）——敬業、卓越

樂（美）——快樂、自在

華住的真、善、美，和對應的「四德」，就構成了華住基本的價值觀，不管對人、對事、對客戶、對產品，還是對整個華住生態鏈都適用。

# 華住的審美

我曾經信奉一句話：只有偏執狂才能成功。我念書的時候，成績是蠻好的。後來考上交大，看哲學書的時候，也看了一些很偏的哲學。像尼采、叔本華、斯賓諾莎，他們的思想都是很極端的。尼采認為自己是太陽，有人說他是神經病，我不這樣看，他只是不能為常人所理解，而常人喜歡把他們不能理解的人定義成神經病。看《查拉圖斯特拉如是說》，我發現他是天才而抑鬱的。那樣的文章不是寫出來的，是從腦子裡流出來的。他描述的那個場景特別美。這些很偏頗的觀點——包括悲觀主義，覺得這個世界很虛無——在一段時間對我影響很大。後來我看王陽明，發現中庸的東方智慧特別好。所有的事情實際上是個平衡的藝術。如果全是精神，全是靈，那是清教徒。如果全是肉，就變成掉進卡拉OK裡面整天找樂子的那群人。做人，做酒店，我都講求平衡。平衡能令事物的結構穩定，令它更持久。

我曾經寫過一篇文章，叫「酒店十宗罪」，列舉了我心目中欠缺節制的酒店設施和服務。當中，我批判了浴缸，認為它是典型的累贅。浴缸的邊是斜的，客人容易摔跤，有安全隱患；它為多人所用又會與身體接觸，消毒、水電需要很大的維護成本；它的使用率非常低——商務酒店只有10％不到的客人會使用它，度假酒店也只有20—30％；它的造價很高——如果買一個科勒，要好幾萬。我還批判了那些特別大的酒店大廳和公共區域。事實上，紐約和倫敦的很多酒店，還有法國的大部分酒店的大廳都小而精緻。大廳的目的是迎賓，歡迎客人，為客人辦手續，後來蛻變成一種排場的顯示。這個風氣是從凱悅開始的，他們把大廳做得特別高、特別氣派，就像教堂一樣。這其實是一種浪費：空間的浪費，建設的浪費，裝修的浪費。

後來我做全季。全季的審美是中產階級的審美。對中檔酒店來說，多餘的東西應該都去掉，核心的東西應該做得盡可能到位。曾經有個朋友給了全季這樣一個評價：一分也不多，一分也不少；我要的都有，我不要的都沒有；價格也不高。我覺得講得非常好。但去掉哪些，保留哪些，其實要經歷非常複雜的思考。我們看到的最後的簡單和平常，背後實際上有非常複雜的權衡過程。

全季和漢庭原來用地板。我們不用地毯，地毯太貴，還不容易打掃。我們也用不起實木地板，而用複合地板。複合地板的噪音太大，如果有水在上面容易變形。後來我們選了一種波絨地毯，不怕水，不怕燙（地毯很容易被菸頭燙壞），地暖很容易透上來，沒有噪音，沒有味道（木地板會使用到膠水，有刺激性氣味，對環境也不好），價格也可以接受。這是我們在選材上的一個重點，沒有奢華感，但絕對得體。

我們有很多這樣獨特的方法。過去的酒店都是用房間的大小來界定檔次，檔次越高房間越大。但在上海、北京這樣的城市，房間太大我們支撐不起這個賣價。我們就用小空間，但是把裡面的設施做得很棒。例如為馬桶加上電熱的墊圈和自動清洗的設備，在洗臉台加化妝鏡，用螢幕更大的電視，把各種各樣能提升客人幸福感的設施加進去，使這個小空間特別溫馨、舒適。所有的這些，包括對空間大小的把握、對材料的選擇，都是平衡的藝術。

在定價方面，如果一個房間賣一百塊錢，那我們虧死了。如果賣一千塊錢，那沒人來。那我們可能賣三百五十塊錢左右，我們有利潤，客人也滿意，這也是追求這種平衡。投資也是這個道理。我們做全季的時候，一間房的預計改造成本可能是十二萬，我們一定會按這個預算來做，不會做成十四萬。只有這樣精算和控制才能保證有很多的投資者投資全季，否則就沒人投了。

審美也是一樣的。我院子裡的草很美，但不好種，就不合適放在酒店裡。我可能會弄棵迎客松，它不挑地方。我要做的就是迎客松這樣的東西，它不受環境的影響，能夠頑強生長，同時能夠符合中國中產階級的審美。這種審美會隨著時代發展不斷變化，而我會跟著這個變化走。

# 華住的差異化定位

華住有兩類產品。一類求新、求異、求豐富、求飽滿，富含情感、色彩、感官刺激，有點兒「性感」——漫心、桔子就是這樣。一類節制、合適、自然，一分也不多，但是客人需要的都有——這是全季。中產階級對這兩種審美都有需求。

高端品牌禧玥，我們是用東方的審美符號和價值觀去演繹現代的生活方式。過去的高端酒店是用西方的那一套，璞麗是一種東方的嘗試，老外和國人都很喜歡，禧玥也是這個方向。東方的審美是什麼樣的呢？我覺得是平衡、優雅、安靜的，同時又讓人感到方便和舒服。我們會用東方的元素來布置酒店，譬如客房裡有一個小盆景——西方酒店裡是沒有盆景的，放的是雕塑。

我還有個夢想，在江南做一個中國最頂級的酒店。它被森林和湖泊圍繞，彎彎的小橋把湖泊相連，在森林的邊緣有幾座擁有亮麗色彩的房子。房子是非常簡潔的東方建築和裝修，遠遠飄來花香的味道，有淡淡的音樂繚繞。音樂可以是莫札特，也可以是古琴。

酒店的地面是蘇州當地燒的金磚，金磚下面是地暖，冬天不潮也不濕。黃梅季節也可以開地暖，把濕氣直接蒸發掉，做到恆濕。但恆溫沒必要，這樣才能感到四季的變化。酒店外面是湖面，想出去的時候，小船一划，笛子一吹——也可以吹法國號，或者法國長笛——笛聲悠悠，天地悠悠，人心悠悠。它會是華住最高等級的酒店，是皇冠上最閃耀的鑽石。

# 華住的生意之道

## 1.中國服務

在今天的中國做酒店服務業，我常有生逢其時的幸運感。因為世界上沒有一個地方，像今天的中國一樣，有那麼多機會。

因為城市化進程仍在進行，今天我們還有很多機會在國際化大都市上海、北京開新的酒店，更別提在大量的其他城市拓展大量的酒店了。

到目前為止，傳統的強勢品牌和企業依然很少，我們可以橫空出擊，創立新模式、新企業。而不像歐美發達國家，新興企業必須面對林立的群雄，不依靠新技術和新發明，傳統行業很難冒出新芽。

除了城市化帶來的機會，還有制度紅利帶來的機會、人口紅利帶來的大市場機會。中國具備購買能力的價值客戶大約是六個億！這個規模，美國沒有，歐盟沒有，印度也沒有。世界上除了中國，沒有其他地方有。

發達國家酒店業發展減緩，割據局面形成；新興國家以中國發展最快、市場潛力最大。因此，國際酒店業主戰場已經轉移到中國。但，國際品牌在中國的經濟型酒店市場基本沒能有所作為。

中檔品牌大家都在摩拳擦掌，一些國際品牌表現不俗，比如洲際的智選假日、希爾頓的花園酒店、萬豪的萬怡等。等他們逐漸透支完了爹媽的信用後，我相信中檔酒店依然是本土品牌的天下。

在高端酒店，目前國際品牌穩穩占據優勢地位。投資拉動減弱和打擊奢華之風的導向，盲目投資、不求投資回報的業主在減少，我們的輕奢華、東方人文價值、適度投資的理念將會有機會逐漸占據一席市場。

中國是一個人口眾多的欠發達國家，酒店市場的主體是中低檔，占據了這一塊市場，就占據了中國酒店業的市場主體。因此，我們的重點是中低端市場，做好經濟型、中檔、中高檔品牌，是華住未來成功的關鍵。

中國現在和未來的消費主流，是經濟型和中檔酒店。整個集團的戰略資源：人力、物力、

管理能力、資金，都應該向這兩個細分市場傾斜。甚至未來的十年之內，這個結論都不會變。

高端酒店可以採取自建、合資、收購等方式逐步滲透和介入，那是另一個十年計畫的事情。我們要麼不發力，若發力一定在行業內是顛覆性的做法，不苟且，不機會主義。

## 2.全球化視野

在全球化的問題上，不僅僅是因為我們想成為世界級的偉大企業，更重要的是當今的商業、客戶、人才、資本都已經是全球化的了。我們要站在太空裡看地球。

首先，要運用全球化的智慧。我們當然要繼承中國五千年的文明和智慧，但我們不是民粹主義者，西方的智慧是全人類的寶貴財富，應該毫無偏見地汲取和學習，並加以運用。

其次，要具備全球化的視野。不要一下子就鑽到具體事務裡去，在戰略上要具備足夠的廣度和足夠的縱深。中國的市場化進程，西方發達國家已經經歷過了。他們今天的成果和格局，可能是我們的未來；他們的優點值得我們借鑒，他們的教訓更是值得我們汲取。

再次，是全球化的市場。隨著中國的發展，越來越多的人出國旅遊，包括歐盟在內的許多國家簽證變得越來越方便；越來越多的企業走出國門，到中東、歐洲、南美、非洲開拓市場；而外國人到中國來觀光、工作、會議也是每年遞增。今天，外國的酒店品牌到中國來；

未來，我們走出去也是必然。

最後，是全球化的人才。一是我們要引進來，二是我們要走出去。我們當中有些人在歐美讀過書，有些人在全球化企業裡工作過，有些甚至還是外國國籍。給我們做服務的企業，許多是全球化人才的班子在提供服務。我們要有這樣的胸襟和思想準備，將來會有更多的國際化人才加入我們。同樣，我們的主要幹部不能將自己限定在一個城市、一個省份，要有胸懷天下的大志，未來我們可能會去其他國家開酒店，做管理。

我們的國際化路線圖是這麼設計的：通過經濟型、中檔酒店積累現金流、規模、融資能力、客戶群。利用我們的高成長、高PE，以及大現金流，併購（參股）國際集團，完成全球化。

所以說，現在不著急去美國、歐洲開店，甚至不著急在東南亞開店，而是先把中國的仗打好。在中國這片最肥沃的土地，辛勤耕耘，結出碩果，充分滲透。能做中國市場的老大，才有機會在全球領先。

## 3.勇爭第一

做單店的三部曲：吃飽、吃好、吃健康。

做城區的三個階段：完成預算、做高 RevPAR、市場占有率第一。

我們做單店、做區域都有三個階段，這三個階段都是往上遞進的。最基本的就是完成預算，不完成預算就沒話語權。第二步，就是超越對手的 RevPAR。第三步，我用的是市場占有率這個指標，在市場占有率上也必須超越對手。如果對手市場占有率高，即使我們的 RevPAR 高於他們也沒有用，這個區域還是沒做好。這個三部曲做好了，做實了，我們就無懼任何競爭了。

如家是伴隨著華住成長的競爭夥伴。如家是我創立的，我離開後做了漢庭（現在的華住），我們兩家都是中國酒店業具有代表性的集團。我有時候開玩笑說，它們就像周伯通的左右手互搏。

目前兩家國企上市公司——首旅和錦江，分別購併了如家和七天，這樣就形成了中國市場上最主要的三家酒店集團：錦江、首如、華住。

未來中國市場的競爭，大格局上主要會在華住、錦江、首如三家之間進行。

由於品牌細分，在經濟型、中檔、中高檔等各個細分區間，都有不同的競爭夥伴。在許多方面，華住已經是名列前茅，但是中檔新興創業公司、外資品牌在中高檔區位還是極具競爭力，我們有許多要跟他們學習的，不能掉以輕心。

五年、十年後的競爭夥伴，最大可能是國際集團，比如洲際、萬豪、雅高、希爾頓、凱悅等。我們會在高端、豪華的細分市場上，遭遇他們；也會在國際化的過程中遭遇他們。

隨著以愛彼迎為代表的分享經濟潮起，隨著OTA在酒店分銷中的份額越來越大，酒店業的長遠、戰略性競爭對手將會一直是以上兩個業態。

競爭策略是由市場環境和競爭對手兩個因素決定的。競爭不激烈，可以不著急，慢慢做，做扎實。雅高在競爭相對薄弱的歐洲，用四十年的時間，做了四千多家酒店。而我們在百舸爭流的中國，八年就做到了兩千家。

在高速發展的中國，競爭充分而激烈，我們採取的第一個戰術就是閃電戰。比如就全季而言，我們的中檔酒店要迅速占領制高點，讓對手來不及反應，往往外國品牌運用不了這個戰術。

第二個戰術是「穿插包圍」。漢庭的發展、如家的發展，最開始是怎麼做的？是從邊緣物業、巷子裡的物業發展起來的。都是找城市裡別人看不上的物業。這就是穿插包圍。在還沒有能力正面進攻的時候，我們從來都不採用正面進攻的方法。中檔酒店也是一樣，要用穿插包圍的方式做。有了樣板店，就迅速完成節點城市布局，不徘徊在某個區域、某個城市，先拉出全國性的脈絡，率先形成網路和品牌知名度，占領制高點。

第三個戰術叫「十倍速增長」。摩爾定律是：每十八個月，晶片速度翻一番。這個IT定律同樣適用中國的酒店業。今天，中國許多產業的發展，不能簡單地用傳統思維來看。斷層式的發展和報復性補償式增長，使得許多傳統行業的發展速度類似於「十倍數增長」的IT業。我們當然希望既快又好，但是，資源往往是不充分的，在保持一百分速度的時候，品質不能再要求一百分，能夠在八十分就很不錯了——這是我總結的「八〇／一〇〇原則」。求全責備，糾纏於局部的完美，會錯失獲取全盤勝利的機會。速度和質量都重要，但在產業形成期、積聚期，速度比質量更重要些。

但在大局初定後，要盡快回來補足質量這一課，完成從野蠻生長到精益管理的過渡。華住發展階段和中國的酒店市場，目前已經在精益管理的階段。也就是從創業時候的「good enough」（夠用就好）到「enough good」（足夠好用）；從一百分的速度、八十分的質量，到一百分的速度、一百分的質量。如果質量跟不上速度，寧可將速度降到九十五、九十。

華住最關鍵的成功因素是什麼？

第一個是位置。因此，我們要占領一、二線城市最核心的位置；三、四線城市更加要在核心位置，因為這些城市客基薄，重置成本低，攤薄效應顯著。

第二個是品牌。在位置相當的情況下，品牌作用會顯現出來。品牌拆開來就是產品（品質）和牌子（數量），酒店產品包含兩點：硬的實體產品和軟的人性服務。

也就是，要做好酒店生意，位置要選好，產品要做好，規模要大。

## 4. 生意上的陰陽之道

在生意上，我們遵循哪些法則？

一，統一戰線。如果遇到矛盾，不去激化它，而是努力尋找雙贏的方案，和氣才能生財。一定要讓所有的合作都向多贏的方向走，要團結一切可以團結的力量做好企業，為廣大客戶謀最大福祉。

二，順水推舟。逆水行舟勇氣可嘉，但是費力不討好。做事應該順著水流走，順著大勢走，不要一意孤行，意氣用事。做企業、做生意要順大勢、順市場、順政府、順民心。

三，隨波逐流。在海裡衝浪，永遠要順著水流走，順著浪頭走。我們現在遇到的是什麼波什麼流？「八〇」後、「九〇」後就是客戶的主流，移動互聯網就是技術的波浪，減少人力就是成本上的潮流。

四，破壞性創新。華住、如家、七天就是在傳統酒店業做了破壞性創新，把整個產品結構、成本結構、發展模式、員工的收入模式改變了，然後把整個產業都改變了。做中檔酒店也是一樣的，要不斷地從內部破壞舊結構，創造新結構，包括新的消費方式、新的生長方式、新的市場、新的溝通方式、新的呈現方式。我們每進入一個新領域，不管是海友、怡萊、全季、星程、漫心、禧玥，都要在相應領域進行破壞性創新。不在這個行業裡創新，我們是不會有生存機會的。

五，叢林法則。人們對叢林法則的理解大多停留在第一層，就是「物競天擇，強者生存」，其實叢林法則有三層含義。

第二層含義是「同類競爭，異類共贏」。森林裡大樹旁邊很難生存其他的小樹，但是苔蘚、小草都活得很好，因為異類之間需要的資源是不一樣的。比如華住的施工隊，供應商，我們必須給予他們足夠的利潤，讓他們可以招攬到優秀的人才，讓老闆有足夠的動力為我們提供品質服務，這樣公司才會持續經營。必須讓所有的異類夥伴共贏，這樣我們才有足夠多的肥料和營養來成長。沒有這個生態體系，我們是長不大、走不遠的，生長成本也會很高。異類共贏，跟強者生存一樣，是叢林生態鏈裡非常重要的原則。

第三層含義是「樹大招風」。木秀於林，風必摧之。我有一次在野外穿越的時候，見到過一棵兩千五百年的大樹，被風吹倒，枯死在荒野，而旁邊的小樹、中樹平安無事。企業大到最後，和大樹是一樣的，除了自身衰老、腐朽和脆弱以外，還容易招人嫉妒，容易成為攻擊的對象。這個法則告訴我們：一，強者、偉岸者要善於守拙；二，支撐小樹的力量沒法支撐大樹，高大的理想需要與之相適應的力量來支撐。

華住的生意哲學，看上去是兩個矛盾的對立面：一面是和、順，另一面是破壞和競爭。這兩個對立面的統一，就是我們做生意的陰陽之道。

# 華住的組織之道

人類的組織，有四種代表性的力量，可以在企業管理中運用和借鑑。

第一種是宗教的信念。維繫宗教的主要力量是信仰。這種力量直接指向內心，人們自覺自願地做許多事情，沒有人強迫。但是，這種信仰的力量之大，任何一個商業機構都望塵莫及。

第二種是軍隊的號令。軍人的天職就是執行命令，指哪兒打哪兒，不能有懷疑，更不能違背。在戰場上，不聽從命令，就會被槍斃。這種力量是強迫性的，雖然違約成本很高，但執行力很強。

第三種是企業的利益。商業最根本的是利益，這是整個商業的基礎。甚至可以講，現代社會運轉的最主要力量是商業。財富的分配、創新的獎勵、獎勤罰懶等等，都是通過商業的利益分配來進行的。

第四種是家庭的關愛。這是人類最小組織的凝聚力，也是最自然、最生物性的力量。

雖然企業是一個商業組織，但這四種力量都應該在企業裡加以應用。純粹講商業利益不夠平衡豐滿。所以，我希望這四種力量：信仰、紀律、利益、愛，華住能夠在不同的時間、不同的地方來使用，藉此打造出一個像宗教般有信仰、像軍隊般執行力強、像家庭一樣充滿愛的商業組織。

## 1. 華住組織的特點

我們目前的上千家門店分布在中國的數百個城市，員工數萬，每年接待的客人近億人次。這樣的企業，管理複雜度已經很高了。可是我們還做直營店，從找項目到營建，到開業，最後到日常經營，業務鏈條很長。酒店的日常工作很具體，很繁瑣，而且員工們的教育程度相對不高，許多是初高中的教育水平。不僅如此，我們的發展速度非常快——「十倍速增長」，我們的速度在世界上也是史無前例的。這些因素，決定了華住是一個管理複雜度很高的企業，必須有一整套完整的管理體系來支撐。

## 2.組織上的陰陽之道

第一，理念統一和充分授權。

這麼分散的城市，這麼多數量的基層員工，光有流程和標準是不夠的，必須要有統一的價值觀和理念。華住哲學就是這些價值觀和理念的系統化闡述。在門店層面我們要做出簡明扼要、通俗易懂的版本出來。讓大家喜聞樂見，讓它深入人心，將人們內心美好的東西激發出來，跟我們的華住哲學吻合。

在理念統一的基礎上，必須充分授權，才不會呆板，才有韌性。

企業規模增大，容易人為地將事情複雜化。太多的審批，太多的會議，太多的制衡，容易導致管理層級過多，容易滋生官僚。所謂「大道至簡」，在溝通交流上，我們提倡簡潔明瞭、簡單直接的風氣。在管理的設計上，盡量扁平化；充分授權，決策盡量靠近一線。總部處理的主要是複雜性、抽象性、平台性的事情；一線解決服務、營收、成本控制等大部分日常經營事務。

第二，精準執行和適應變化。

在理念和價值觀上的一致，以及在管理上、組織上的「至簡」，並不意味著無政府主義和散漫拖遝，相反，它們恰恰需要軍隊般的紀律和強大的執行力作為後盾。在幾萬人的企業裡，也要做到像士兵操練一樣，整齊、劃一，無條件地服從指令，嚴格地執行標準，聚焦企業戰略，堅守企業的理念，整個連鎖要像一個人一樣，是一個和諧統一的整體，指哪兒打哪兒。而不是山頭林立，各有各的變通和理解。

在精準執行的基礎上，適應變化。

在這個多變的環境裡，我們要隨時接受變化，接受改變。開放自己，學習新東西，接受新思想。在這個多變的時代，永遠不變的就是變化。華住就像一輛載重的大卡車，除了高速行駛，還常常要彎道超車。而遠方的道路並不是一目了然的，前面的道路曲折迤邐，天氣也變化多端，我們隨時要做好迎接變化的準備。

第三，東道西術。

在管理工具的使用上，我主張「東道西術」，就是結合東方的道和西方的技術手段來幫助我們管理。東方的道，可以從法、儒、釋、道四個方面領會。術呢？比如平衡記分卡、ERP、IT技術等等現代的理論和管理工具。

第四，三結合。

我期望，通過以下的「三結合」，能夠打造出一個具備企業家精神的規範管理公司。

第一個結合是管理和領導相結合。領導往往是鼓舞人心、前瞻戰略的，它強調個人魅力，著重激情和理念。而管理往往細緻縝密，有條不紊，強調理性和效率。所以我們說，鼓

舞人心的領導要和卓有成效的管理相結合。

第二個結合是規範和創新結合。是95％的規範，5％的創新。創新成本很高，一直創新沒有沉澱和收穫，企業難以為續。施樂研究中心和貝爾實驗室都是大企業創辦的創新機構，雖然帶給我們許多偉大的發明，但對這兩個大企業來說，並沒有帶來本質性的變化，它們漸漸走向了衰敗和沒落。但是，這5％的創新就像原子彈的鈾棒和煙花的引信一樣，至關重要！沒有持續不斷的創新，將會跟不上時代，將會被創新者顛覆，更不會成為一個卓越的企業。這5％的創新決定了企業的高度和未來。

第三個是現實主義和理想主義相結合。在思想上是理想主義，在行動上是現實主義。沒有理想主義就沒有高度，沒有現實主義就不能落地。尤其在中國當前這麼一個複雜多變的商業環境裡，沒有一點理想主義，常常會在殘酷的現實面前變得平庸和市儈；而不用現實主義來踐行，企業將會成為溫室的花朵和象牙塔裡的古董。

# 「關鍵少數」的管理之道

酒店行業的從業者，經驗比聰明重要。招聘一個人，他很聰明很能幹，但未必能夠做好。這個行業的事情太具體了，需要做個兩年、五年，才能形成積累，才有基本的把握。

像我自己看店，我看了很多年，我的經驗也是慢慢累積的。看了那麼多城市、那麼多物業之後，我心中慢慢形成一種結論性的東西，這種東西不可能通過你的思考得來，只能通過實踐。

除了經驗，穩定、勤奮也比聰明重要。認真做和不認真做，做出來的東西截然不同。你再聰明，不認真做也是不行的。我們這個行業特別鼓勵長期、穩定的投入。我們的激勵是給期權，這個刺激是非常大的。

針對酒店行業從業人員的這些特徵，我對華住高管的管理模式是「關鍵少數」。管理一

個幾萬名員工的企業和這麼多的連鎖店，要抓住兩個根本點：

一個根本點在門店。支部建在連隊上，店長要管理好，他要有主觀能動性、主人翁意識。我們對此做了很多考核、培訓，在價值觀方面還要加強。一線的管理者，很多事情由他們指揮、配置，是非常重要的角色。

第二個根本點就是「關鍵少數」。這些「關鍵少數」，就是總部的高管。連鎖酒店的管理，差之毫釐，謬以千里。舉一個最簡單的例子，我們一年要採購一億瓶礦泉水，一瓶差一毛錢的話，一億瓶要差多少錢？假如總部的人不認真負責，在敬業度、專業度上差一點，結果會很嚴重。他們是非常關鍵的「少數」。

我們給「關鍵少數」很好的待遇。華住的高管，一般做了之後趕也趕不走。他們能得到比較好的關注。我不可能關注六萬個人，只能關注二十個人，這二十個人可以享受到充分的陽光雨露。我給他們充分的信任：每個人都是各自負責業務的老大，有很大的決策權，也有很好的激勵。

但這不意味著沒有壓力，對這二十個人要做末位淘汰。每年或每兩年，他們中做得最差的那些是要被淘汰的。對於做到這個位置的人來說，這很殘酷，但這可以刺激他們努力。他們自身感受到壓力的話，也會將壓力層層傳遞下去，這樣企業才能保持一種進步的狀態。

# 狼性和龍馬精神

在公司剛剛創立的時候，我們經常講「狼性」。發展到現在，我又提出一個「龍馬精神」。

我們都是龍的傳人，龍是中華民族的圖騰，是我們民族的精神象徵。龍也是王者的代表和象徵，志在高遠，君臨天下。我們要像龍一樣，放眼全球，志在四海，力爭第一。

漢庭剛剛創立的時候，我用過「潛龍勿用」來作為公司的基調。在那個群雄並起的時代，保持低調，練好扎實內功。現在，我又用「群龍無首」來比喻培養一批領導人的做法。

馬的特點也是我們這個階段需要的。第一個是速度。萬馬奔騰的氣勢是何等壯觀。第二個是敬業認真。馬的敬業可以從騎兵看出來，整齊劃一，任勞任怨，不計得失，勇猛向前。這對企業來說都非常重要。

當企業發展到一定階段，要適時引入「龍馬精神」來平衡「狼性」精神，使之成為華住主流精神之一。而對於新品牌、創業企業，「狼性」精神依然適用。從某種意義上來說，今天的華住也依然還在創業。

所以，華住精神是「狼性」和「龍馬精神」的結合，我們不能沒有了狼的進取和凶猛，同時也要具備馬的堅韌和龍的大氣。

看似矛盾對立的兩個方面，完美和諧地結合在一起。不僅生意上如此，管理上也是如此。華住之道，乃是陰陽之道，也是法自然之道。

# 我們如何看待客戶

對於住宿客戶而言，最重要的是要有符合他們需求的產品（含服務）。我們的產品（包括預訂等全過程體驗）要方便客戶、價格合理，對於新生代客戶，還要注意到他們的情感訴求。我們怎麼才能做到好產品、好服務？我認為大概有四點：創新、培訓、主人翁、位置。

我們通過創新，在行業內首推零秒退房、自助登記入住；通過創新，全季不斷地在修正、在反覆運算。漢庭會在最近推出第二代全新產品，其中包括整體淋浴房、工廠化裝配等。未來利用新興技術，會推出NFC門鎖等更加方便客戶的解決方案。

培訓同樣重要，我們除了有華住學院，還有一線針對各個崗位的傳幫帶現場培訓。進入中檔酒店和高檔酒店，軟服務的比重提高，培訓益顯重要。

沒有主人翁精神，光靠制度和流程，這麼大的連鎖集團不可能提供發自內心的好服務。

我們要給每一個崗位考慮好情景和遠景，要讓每一個崗位的員工自在、自發。

好產品、好服務還包括了位置。我們不僅要在一、二線城市的中心位置布置酒店，在三、四線城市更要在城市中心布局。

我們的酒店布局還要深入到縣鎮，讓客人們到任何一個地方，都可以找到華住的酒店，放心入住。

在產品設計上，特別要注意的是方便客戶。在傳統酒店，我感覺最不爽的是入住登記費時長，退房的時候排隊等候，wifi 要收費，預訂服務要輸入一堆信息，等等。我們的諸多創新就是針對用戶的這些痛點出發的。要預防的是三流設計師自戀式的炫耀風格，花錢多，自我陶醉，抄襲和拼湊。

對於價格合理這個訴求，即使非常有錢的客戶也是在意的。沒有一個成功的企業靠「斬客」維繫，實價銷售是我們從經濟型酒店發展出來的策略，在中檔甚至高端酒店也要堅持。跟顧客交流的第一時間就給予他們真實確定的信息，而不是拐彎抹角。在信息高度對稱的時代，這樣做尤其必要。

給予客戶有競爭力的價格，還意味著我們內部的高效率，不能讓客戶為我們的低效和臃腫買單。不管是平台還是區域管理，都是為了一線的客戶，任何浪費和多餘都是要防止的。比如，在差旅上，可以乘火車，不乘飛機；在管理層級上，可以三層，絕不四層；甚至打印紙都是要用雙面，辦公室都是利用邊角料的空間。另外一個就是堅持直銷，不依賴包括OTA在內的代理商，更不依靠傳統的包團、團隊等。直銷不僅僅可以保證淨房價，還可以降低客戶保持和溝通成本。

「六〇」、「七〇」後的消費傳統是注重高CP值，而新生代「八〇」、「九〇」後，加入了情感訴求，他們會更注重生活品質和體驗，可以僅僅因為喜歡而去住這個酒店，可以因為充滿人文氣息去體驗。雖然大部分人還是預算有限，但他們為了感覺，會犧牲金錢，至少是提高一點點預算。

另外一類客戶是我們一直沒有意識到，或者是沒有重視，沒有提到跟住宿客戶一樣的水準上的，那就是加盟業主。未來在經濟型酒店領域，大部分會是特許管理（特管）。在高端，基本是委託管理，中檔要混合一些，但也是以特管為主。我們的大部分利潤，會來自於加盟和管理收入；我們開疆擴土，我們深入四、五線城市，都是要依靠廣大加盟商。他們的重要性不言而喻。

加盟商的訴求點主要是兩個：盈利和尊重。對於盈利我們很容易理解，大部分加盟業主從事加盟業務，是為了獲得穩定可靠的回報。所以，我們品牌的聚客能力、管理團隊的專業和敬業顯得非常重要。

另一個比較容易被大家忽視的是平等和尊重。加盟市場的火熱和某些人的「官本位」

情結，造成對加盟商的漠視和偏頗，生出「皇帝老子朝南坐」的架勢。甚至有些人，以權謀私，收受（索要）回扣，極大地影響了華住的聲譽，破壞了加盟市場的公平和公正。我們已經在組織和機制上做了許多補救和改進，但還不夠，還要進一步在華住內部宣講「加盟商是合作夥伴，是客戶」的理念，要平等對待，要珍惜和尊重每一個華住的客人。

對待客戶，不管是住宿客戶，還是加盟客戶，我總結了三個比喻：像被子一樣貼身；像淋浴一樣知冷暖；像 wifi 一樣便利。以此為標準，打造華住特色的中國服務。

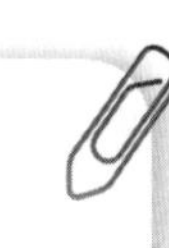

# 我們如何看待員工

酒店業人才有什麼特點？通過十多年的觀察和總結，我認為最重要的是敬業。

我們目前的大部分幹部，尤其是區域的主要幹部，都是早期加入公司，跟著公司一起成長起來的。他們從基層做起，認真、踏實、兢兢業業；善於學習和思考，總結成功經驗，汲取失敗教訓；面對挫折和困難，堅韌不拔。我們總體的氛圍是高速緊張，壓力極大的。有些人因為跟不上，被淘汰；有些人因為受不了，放棄；但是那些堅持下來的人都成功了！不僅在職業上有了大大的長進，更重要的是超越了自我，成就了自我。

普通人經過努力，不斷學習，經過大浪淘沙，許多人可以成為店長，可以成為城市總經理，可以成為分區總經理，甚至大區CEO。

因此，我們要招募敬業的人，要挖掘善於學習的人。

基層員工有三個基本訴求：

一，希望報酬有競爭力。付出同樣的勞動，希望能賺得多一點。

二，希望工作穩定。大部分人都是指望華住的這份工資來養家餬口的，而不是投機暴發一下，工作是維持生存的基本手段，因此希望工作穩定，不要折騰。

三，希望在一個輕鬆愉快的環境裡工作。

我們有數萬名員工，每年接待上億的客戶，每一次跟客戶的接觸、每一頓早餐、每一間客房的打掃都是我們的基層員工在完成，他們的專業水準和敬業程度決定了我們的服務水平。

基於對連鎖的特點和員工訴求的分析，對於基層員工，我建議採用法家的哲學來管理。法家講規則，強調精準執行。我說一，他們就要按照一．〇〇〇來做，而不能是一．〇〇一。法家有句話講得好：「使中主守法術，拙匠守規矩尺寸，則萬不失矣。君人者，能去賢巧之所不能，守中拙之所萬不失，則人力盡而功名立。」（《韓非子．用人》）這句話非常好地概括了標準化、流程化的重要性，強調了執行力的重要性。

同時，基層員工的薪酬也必須和經營業績掛鉤。多勞多得，不好少得。不能搞大鍋飯，不能搞平均主義，否則企業就難以維續，也就沒有能力持續經營，員工工作的穩定性也就沒法保證。

我們發自內心地將員工看作是我們的家人。一個門店、一個部門就像一個個小家庭，團結友愛，互相幫助。因為利益不是大家搶來爭來的，而是大家齊心合力做出來的。業績好的門店總是那些團隊心齊的門店。

除了要創造一個輕鬆愉快的工作氛圍，我們還有一個華住互助基金，幫助那些遇到特別困難的家庭。比如汶川地震幫助那些無家可歸的員工，比如當他們的直系親屬喪失勞動能力時，資助他們的子女上學，等等，讓員工更安心。

華住是一個大家庭，我們是一群勤勞、敬業、努力工作的人。我們創造出傑出的業績，我們得到豐厚的回報，我們更會在困難的時候互相幫助，度過難關。

幹部跟基層員工一樣，也要養家餬口，因此，基本的需求也是希望有豐厚的薪酬。但是他們對於發展空間和學習成長有更多的期待。高層幹部，還要有歸屬感和事業感，希望在企業裡能夠當家做主，能夠被信任、被重視。

包括店長在內的中基層幹部，儒家是合適的管理哲學。儒家代表人物有諸葛亮、王陽明等，可以說，中國大部分朝臣都是儒家子弟。諸葛亮有句名言，叫「鞠躬盡瘁，死而後已」。儒家的敬業、忠誠躍然紙上。

中基層幹部的關鍵字有：仁愛、忠義、禮和、睿智、誠信。王陽明更是將儒家思想推上

了更高的台階，他提倡「知行合一」，理論和實踐相結合，不能光說不練，紙上談兵。中基層重視和考慮的是戰術，比如怎麼做這個店？怎麼管好團隊？怎麼打敗我的對手？對於戰略問題要深刻領會，將之細化為戰術目標和行為，所謂「尊德性而道問學，至廣大而盡精微」。我們需要大量「知行合一」的中層幹部。

總部平台負責人、C字頭高管、大區負責人、品牌事業部負責人，我們定義為高層幹部。高層的管理哲學可以借鑑道家，必須從戰略層面看問題，不能僅僅停留在戰術層面。我們要培養出一批優秀的領導者，而不是簡單的執行者，更不能是所謂的「職業經理人」——那些只知道盯著績效指標，盯著職務、獎金的高級打工者。

這個企業在我的帶領下，走過了十年的道路，下一個十年，我們的規模不是簡單的疊加，我們的速度不會是循規蹈矩的增長，我們面臨問題的艱巨和複雜性絕不是我一個人可以單獨擔當的。這就需要一批領袖級的人物來共同完成——這就是我所謂的「群龍無首」。我們需要的是具有主人翁精神的創新者、領導者、管理者。

對於領導者，第一條是「執中」。道家提倡的「治大國如烹小鮮」，說的是治理國家就跟燒菜一樣，不能太鹹，也不能太淡，不能太老，也不能太嫩，要恰到好處，這是執中。再如「庖丁解牛」的故事，講的是找到問題的關鍵點，順勢而為，遊刃有餘。

領導者第二個要注意的是樸真，淳樸而真實。「原天地之美而達萬物之理」，「聖人法天貴真，不拘於俗」。那些矯情、做作，那些形式主義的東西，只會浪費和干擾我們的心智。只有「返璞歸真」，才能在雜亂的信息裡抓住本質。

領導者治心而不是治事。「黃帝之治天下，使民心一。」我們高層要想方設法讓大家心往一塊兒使。「至治之世，不尚賢，不使能。上如標枝，民如野鹿。」治理國家，不是靠幾個賢臣、能臣就能夠治理得好的。歷史上出賢臣和能臣的朝代，大多貪腐橫行，朝廷軟弱無力，國家千孔百瘡。

作為領導者，大公更是必不可少。「忘乎物，忘乎天，其名為忘己。忘己之人，是之謂入於天。」「至人無己，神人無功，聖人無名。」大公，才能歸真；大公，才能執中；大公，才能治心。

領導者面對錯綜複雜的問題，面對紛繁雜亂的形勢，面對堆積如山的事務，必須要超脫。所謂「舉重若輕」，拿得起，放得下。「傍日月，挾宇宙」、「遊乎塵垢之外」、「日出而作，日落而息，逍遙於天地之間」。莊子提倡的這種境界，我們可以多體會。那種自在，那種逍遙，那種超脫，不僅僅是做事的時候需要，更是一種人生態度和生活哲學。

幹部的收入跟企業效率和規模掛鉤，基層要通過精益經營門店來獲得穩定的收入；中層靠管理的規模來增長收入；高層靠整體的規模擴大和效率提高來增長收入。股票和現金差別不大，越高層的幹部，期權比例會越高，只有企業增長了，個人才能增長；企業做得好了，他們也分享得更多。

目前幹部的主要問題，我整理了十條。當然，這些問題會隨著時間的變化而不斷變化。

第一個就是團隊協作。大區和平台、平台部門之間，相互抱怨，相互指責；不買帳，不配合，不合作。

第二個問題是成熟度不夠。我們的幹部跟不上企業的發展，跟不上所駕馭的東西，思想境界、能力、領導力都跟不上。有的時候還鬧點小情緒，搞點小障礙，這個就是成熟度不夠。

第三個是山頭主義。我的團長，我的團。我的部門，我的區域，誰也不能碰，不能惹。內部包庇，一致對外。

第四個是本位主義。做事情、看問題主要考慮自己，不考慮大局，不考慮其他部門、兄弟單位。

第五個是官僚主義。官不大，官氣不小。拿腔作調，循規蹈矩。不是找解決問題的方法，而是找搪塞問題的理由；不是反省自身的問題，而是巧妙地推卸責任。

第六個是拒絕變化。換個店不行，漲價不行，新創品牌不行……反正對於每一個變化，都是條件反射式地反對。

第七個是領導力不足。管不住人，管不住下屬，管不住團隊。大事小事自己幹，帶領不了一班人一起幹。沒有感召力，沒有領導魅力。

第八個是學習能力不足。不善於從失敗中學習，不善於總結成功的經驗；不善於跟他人學習，更不善於從對手那裡學習。只能做某一類事情，換個領域，就一頭霧水。

第九個是敬業度不夠。把華住的工作看成是一份職業，而不是一份事業。看到的是職務、工錢，而不是企業利益和發展。即便是一份職業，敬業也是必修課。

第十個是忠誠度不夠。前幾年時髦的所謂「職業經理人」中就有不少這樣的人。哪裡待遇好往哪兒跳，哪裡官給得大往哪兒跑。這樣的人，遇到問題碰到事，是絕對指望不上的。

我們對幹部的要求很簡單，就兩個字，「紅」和「專」，就是「又紅又專」。

「紅」包括四個方面：忠於企業，責任心，事業心，熱愛企業。

「專」也是四條：高績效，帶團隊，學習能力，創新能力。

在人才的選拔上，按照「又紅又專」的標準，概括起來就是「德才兼備」。或者更加全面一點，就是「德智體」三項全能。「德」說的是價值觀，是「紅」；「智」說的是能力，是「專」；「體」就是體能，健康、精力旺盛。

我有一個有意思的比喻，用來說明人才甄選的過程。

農村裡淘米用淘籮，一種用竹皮編的籃子，有細細的縫，一般在河裡淘洗。第一波，將淘籮沉到水裡，就有很多空心的糠粕浮上來，空心米、麩皮就會飄掉。這些空心米、麩皮就是那些無能無用的人，我們肯定不能用。因為淘籮有很細的縫，第二波淘的時候那些很細的小米粒就會漏下去，這就是那些能力不足的人。最後一波，也是最難最費時的，是要剔出那些石子、碎磚、泥巴。有些時候不容易看清，比如白色的小石子，混在米裡看不見，這些就是價值觀不符的人。

我們選人的時候，沒有能力的人、能力不足的人、價值觀不符的人，都要剔除。難的是剔除那些價值觀不符的人，不容易看清楚。

人類的動力來自兩個主要方面：一個是獎賞，一個是恐懼。

你做了好事，做了正確的事情，社會、父母、老師、企業就給你某種好處，比如表揚、肯定、獎狀、晉升、金錢等。這就是獎賞，鼓勵你繼續按照社會或組織的意志，做更多的好事、正確的事，也鼓勵其他人做好事、做正確的事。

人類最根本的恐懼來自死亡。其他還有對安全的恐懼、對批評的恐懼、對壓力的恐懼、對失敗的恐懼等等。各種各樣的恐懼同樣使得人想把事情做好。

我是主張企業裡要獎懲並用的。我們企業裡獎賞的事情不少，包括現金、股票、期權、升職、培訓、榮譽等等。

哪些事情要懲罰？首先是不作為，在那裡混日子，撞鐘，濫竽充數。有些幹部知道問題不去解決，因為解決問題就會有麻煩，有衝突。其次就是那些不努力、無能、無德的人，這些人肯定是要懲罰的。

如果這樣的人混跡在組織裡，這個企業就會拖沓疲軟，正氣不彰，毫無生機。

但是，對於失誤和創新中的失敗，要寬容，否則就沒人敢做事了。想做事沒做好的叫失誤。對於普通工作中的失誤，要寬容，要幫助，要從失誤中汲取教訓。所謂創新就意味著是種嘗試，是種實驗，有可能會失誤或失敗。創新中的失敗，是組織為了突破，必須付出的成本。

# 我們面臨的最大挑戰

華住的組織架構設計原則是：下盤實，上盤活。一線和門店扎實穩固，總部回應迅速，適應變化。

整個華住集團可以概括為四個功能模組：平台，投資，新品牌，門店管理。按照這四個模組確定不同的組織架構、薪酬架構和考核獎勵機制。

組織原則：三個服從，三個優先。三個服從，是指個人服從組織、小局服從大局、下級服從上級。三個優先，是指團隊利益優先個人利益、整體利益優先局部利益、長期利益優先短期利益。

「所謂一個國家外部的崛起，實際上是他內部力量的一個外延。」（鄭永年《大國崛起》）不僅國家如此，一個企業、一個家庭，也是如此。

所以，華住最大的挑戰在於我們自身，在於我們是否有能力建立一個世界級的偉大組織，在於我們是否能夠平衡好管理和領導、品質和速度、規範和創新。競爭對手是我們超越的標竿和激發者，我們自身的強大和力量的積蓄才是我們成功的關鍵所在，也是我們面臨的最大挑戰。

# 華住未來的管理：常識管理

我曾經提出，華住的挑戰，在於要建立一個偉大的組織。我們每年大概開六七百家店，在國際上相當於一個小連鎖。這麼多店要怎麼管理？過去我擔心人才不夠，重視人才培養。現在我覺得可以不靠人。機制設計得好的話，可以用常識來管理。

我們現在的組織架構是總部、大區、城市、門店，如果把中間兩層拿掉，然後給門店更大的自主權、更大的激勵呢？現在溝通很方便。我們也知道，信息經過每一層傳遞都會有損耗，會失真，所以有沒有可能讓組織更扁平？這個事如果幹成的話，人才培養也不會是一個問題。門店用常識管理，系統就是傻瓜系統，打開就能用。比如說你去買米、買菜，什麼價格，系統裡都有數據和渠道。

這有點類似美國現在打仗的士兵一樣，通過信息系統、通訊、大數據跟他們後面整個的資源直接對接，不需要中間人了。總部跟下面的人靠常識溝通。比如對客人怎麼笑，露兩顆牙齒還是四顆牙齒，這是沒關係的，你只要笑就行了。哪怕不笑，你對客人友好就行了，友好不友好客人是能感覺得到的。是不是握手，是不是拿行李，都不重要，重要的是讓客人感覺到受歡迎，這個就是「常識」。我只用那些友好的人，只用那些對客人好、做事認真的人，偷偷摸摸的、鬼鬼祟祟的、偷懶的，我不用。在一個店裡，十幾個人，怎麼可能看不出來？這就是常識。

當然，推行這個模式挑戰非常大。但如果成功了，將開創一個新的時代。過去中央文件一層層讀，現在哪裡需要呢？大數據加常識管理，這種方法如果能夠做下來，連鎖就更加穩固了。

# 酒店的未來

在物質缺乏的年代，人們追求的是紙迷金醉式的物質體驗，名牌、黃金珠寶、富麗堂皇；而今天，人們更多地是向內追求。

過去的酒店，在最基本的點上，提供了標準可靠的住宿產品；在高階位上，提供了一種奢華的生活方式。未來的酒店依然如此，所有類型的酒店都要滿足「旅人途中的可靠休憩站」這個最基本條件，在高階位上，要體現最先進的生活方式。

在我看來，未來酒店應該是：既像家一樣可靠、踏實，又有家裡無法體驗的生活和生活方式。

## 1. 建築和立面

過去獨屬於高檔和豪華酒店的炫目外在不再是它們獨有的標籤，這些外在的華麗會被越來越多酒店應用，包括中檔酒店、經濟型酒店。就像在發達國家，我們從一個人的衣著很難判斷出他的身分、地位一樣。

其實，不管是建築外立面還是室內設計，都是藝術的範疇，都屬於應用藝術。一個好的酒店設計，本身就是一件藝術作品。藝術是一個時代、一個地區思潮的綜合和抽象，是比較高級的意識形態。跟酒店結合，可以很好地演繹、體現酒店的審美情調和價值取向。藝術不能做成簡單的堆砌——也就是所謂的藝術酒店，那是本末倒置了。酒店的主體功能還是住宿，它不是美術館。藝術作品應該非常和諧、自然地融合在酒店裡，不張揚、不搶風頭。客人在前，藝術在後。

## 2. 公共區域

過去大部分酒店在空間上都流於浮誇。當首創者這麼做時，是創新，但是，當所有的酒店照搬和抄襲的時候，就是俗套，而這個俗套是以建造成本和空間上的極大浪費為代價的。

所以，通常酒店都有一個非常空曠氣派的大廳，配以豪華的水晶吊燈。在配套上也是不遺餘力。一個標準高星級酒店，往往有三四個餐廳（早餐廳、全日餐廳、中餐廳、西餐廳等）、會議室若干、大宴會廳、健身房、桑拿房、SPA、游泳池、美髮室、販賣部、酒吧、商務中心等。在材料上也極盡鋪張之能事，大理石、水晶燈具、實木家具等，怎麼貴怎麼來，什麼高檔買什麼，能用進口就不用當地的材料。總之，可以用兩個字概括：浮誇。

未來的酒店公共區域同樣也是「高大上」，但不同於原先的範式。首先，公共區域要充分，還是要用高的層高、奢侈的空間來演繹？比如東京的安縵，在地價如金的地段，生生挖出一個面積為一千平方米×九米深的長方體出來，很震撼！大廳的接待功能退化，前台盡量小，因為大部分工作都可以在行動端完成，比如選房、繳費等，前台最多是身分驗證和服務那些不習慣用行動端的客戶。當前台退化成「盲腸」的時候，社交、審美、休閒等功能就會走上前台。用酒吧、茶室、戶外休閒座椅等空間來構成社交功能，和一起住店的朋友、不認識的住客鄰居聊天，甚至自己一個人發呆，都可以在這樣的空間裡完成。雕塑、綠化、設計家具、創意軟裝將會在這些空間裡扮演重要角色，使得整個公共區域漂亮、氣派、有格調，但不是昂貴材料的堆砌。將社交功能做到極致的是瑪瑪謝爾特酒店（Mama Shelter）；阿姆斯特丹的美憬閣酒店（MGallery）通過設計家具將整個一樓的空間裝點得像豪宅的客廳；新加坡 Oasia Downtown 酒店則引入了大量的綠化和草坪，給人感覺就是在空中的綠洲；Ace

酒店的大廳就像一個網吧，客人們密密麻麻地擠在一起上網、喝咖啡，認識不認識的都會打個招呼，像個大家庭的客廳。全季的大廳雖然空間不大，但是用雕塑、書櫃、迎客松營造出一點禪意、一點書香，還有一些藝術的氛圍，溫馨但不誇張。

**3. 小客房**

精緻方便但是空間不大的客房是最理想的。公共區域可以大，外立面可以氣派，但是客房不需要也沒必要太大。按照中國的傳統，臥室不能太大。我們在故宮看清朝皇帝的臥室也只是方寸之地，據說這樣聚氣，太大的臥室顯得空曠、冷清，尤其是一個人出差在外，回到一個空落落的房間，體驗感未必好。把這個做到極致的是 Citizen M 酒店，房間只有十五平方米左右，床是兩米乘兩米的。如果要顯得豪華，反而要將淋浴間和衛生間做大，要將衣櫃、吧台（茶桌）做舒服了。小客房也可以充分利用空間，在寸土寸金的大都市裡，將空間切小，這樣能提升 CP 值。而整個酒店空間的審美提升彌補了不足，這樣的酒店並不會顯得寒磣、憋屈。

傳統星級標準裡的客房標準要求已經過時、落伍。創新的時代對審美和功能提出了新要求。

## 4. 藝術和人文

人文的事項比較抽象，最重要的是整個布局設計裡的人文關懷，而不僅僅是冰冷規範的流程和條規。比如有些酒店前台改成像咖啡店、茶室一樣的布局和氛圍，就充分體現了設計者對客人的人文關懷。

在酒店中，人們除了良好的睡眠之外，還會需求短暫的安寧體驗。接觸當地傳統細節的入口、適度的社交場景、有分寸的藝術呈現，都是加分項。

未來的酒店，昂貴的材料、鋪張的空間已經不能彰顯先進的審美和生活方式，反而是精神層面的文化和藝術更能夠體現一個酒店的審美和格調。

## 5. 高科技

IT 技術，尤其是移動互聯網技術，使得酒店在高科技上的投入不僅容易，而且必須。每個人到了酒店，必須連上 wifi，才感覺跟這個世界還連接著，感覺親人、朋友、同事近在咫尺。半島的自動化系統確實令一些人讚譽有加，這個系統將燈光、窗簾、空調、呼叫服務、網路、音響、視頻等整合在一個控制面板裡。但是做得比較好的還是 Citizen M，用一個觸控板控制所有的系統，下次入住連鎖內的其他酒店，你的偏好就都預存在系統裡，很方便、體貼。

技術能夠改變很多事情。酒店原來最繁瑣的部分，就是前台登記入住。查身分證、簽字等等，大部分其實不需要人介入。直接在手機上選房間不行嗎？如果是金卡會員，你可以選最好的房間。支付方式可以通過手機進行，可以用人臉識別的機器來檢測身分，這可能比人工確認還要更準確。這些技術我們都在研發，有些已經投入使用。我們馬上要做一個無人前台的酒店。目前我們的技術已經走在行業的前列了。有人把華住稱為「技術公司」，我覺得是準確的。

所有的自動化，將使得我們有可能實現扁平化的組織。五年以前這是不可想像的，五年後等互聯網技術和機器人技術發展到了一定程度，這些都是有可能的。下一個五年，技術和人的重新組合搭配，會給大連鎖企業帶來一個翻天覆地的變化。

麗思．卡爾頓的服務理念，是讓紳士和淑女服務紳士和淑女。但這套傳統的服務邏輯對任何人都適用嗎？每個人期待的酒店服務是不一樣的，有的特別在意是不是便宜；有的特別在意被人尊重，有人遞個毛巾、送杯茶、帶他到房間會讓他感覺良好；有的希望不被打擾。我算是一個頂級酒店的客戶，我很在意隱私，不習慣社交。我不願意來到酒店，跟一個不相識的小夥子或者小姑娘寒暄，讓他幫我提行李，我再付他小費。我可能剛剛經歷過一個喜悅，我想再體會一下；我可能正在經歷一個悲傷，想自己一個人悲傷一會兒；我可能坐完飛機很累了，想打盹兒或者回到房間睡覺了。我沒有必要為了他們改變我的情緒。

那麼，未來的自動化服務，甚至機器人酒店，可以滿足像我這樣的客戶的需求。

## 6. 大數據

酒店行業一方面面臨消費者的需求變化，另一方面面臨著人工成本的上升。機器人將來可以比我們做得更好，因為它有大數據支撐。它還可以識別語音和人臉，比人腦記憶靠譜，因此可以改變整個酒店業的服務品質和方式。

技術不僅可以不冰冷，還可以增加人情味。比如微信，我和朋友的見面頻次可能因此減少，但是交流的深度變高。酒店的未來方向與此類似。

未來我們想把「睡」這件事做得更精緻。比如通過研究床、音樂、熏香、枕頭、燈光、空氣的含氧量／濕度／溫度、虛擬現實等各種工具，讓你睡好。我們的想法還是把這種最本質的事情做好。

過去銷售需要銷售員登門拜訪，現在不需要。當我開了一家新酒店，只要有足夠多的資料，我就可以向酒店附近的人發送信息，告訴你我新開了一家全季，有空過來住住，如果你是老會員，我們還有優惠。我們還可以通過數據交換——比如和寫字樓的數據交換，進行更加精準的投放，完全不需要人去銷售，這樣可以省掉非常多的人工成本。

這個時候人做什麼呢？做機器和數據做不了的、更加體現人的特質的事，例如手藝。當我的酒店前台不需要人幫你辦理登記，我可以安排一個帥小夥為你沖咖啡。客人入住後會記得，我們酒店的前台有個小夥子，長得特別帥，沖的咖啡特別好喝。這種體驗將令人印象深刻。

# Founder's Notes

# 人

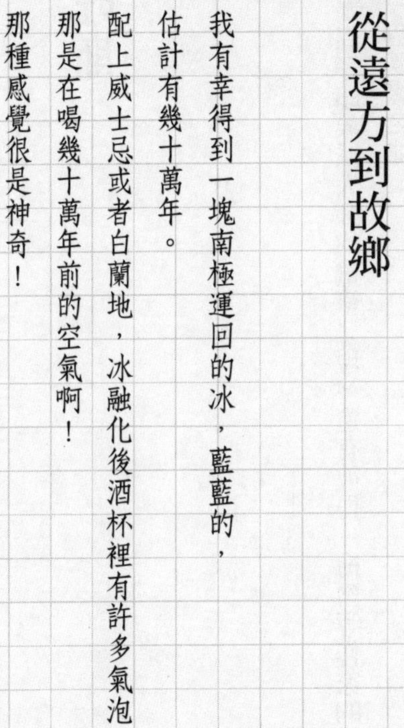

# 一　從遠方到故鄉

我有幸得到一塊南極運回的冰，藍藍的，
估計有幾十萬年。
配上威士忌或者白蘭地，冰融化後酒杯裡有許多氣泡，
那是在喝幾十萬年前的空氣啊！
那種感覺很是神奇！

# 迷失普羅旺斯

因為梵谷、高更、塞尚等印象派大師的畫筆呈現，還有彼得．梅爾等作家的渲染，普羅旺斯成了許多人心中的一個夢想之地。

我也是懷著這樣的夢想和希冀來到了這裡。

雅高創始人杜布呂在中國的時候，就跟我相約在他普羅旺斯的家附近騎行。這一次去他家做客，杜布呂履約安排了一次自行車之旅。路線設計得很好，穿過普羅旺斯最精華的腹地，有平地也有山路，總共一百多公里。

一開始的風景確實迷人，葡萄園、起伏的山丘、富有歷史感和人情味的小鎮，不知不覺五十多公里就過去了。但由於山地居多，上坡的時候用力過猛，到了六十多公里處，膝蓋便發疼，使得我實在不能騎行上坡了。好在不遠處就是野餐點，我羞愧地乘上「收容車」到達野餐的河邊。

午飯後，我心有不甘，因為只有我一個中國人落下了。儘管騎車耐力和體力比不過久經鍛鍊的法國人（自行車在法國跟乒乓球在中國一樣，屬於全民運動），毅力上總不能輸給他們吧！我忍痛繼續騎行，但不知不覺就離開了大部隊。我身上帶著地圖，倒並不慌張，繼續前行。

大約在八十公里處，我疼得實在沒法騎車了，就找了下一個目的地等待「收容」。那是路旁一個小村莊，我便在村裡休息等待。最後一輛車從村子旁邊過去了，把我一個異鄉人撇在了普羅旺斯一個美麗而陌生的小村莊。

我身上沒有一分錢（不管是歐元還是人民幣），沒帶手機，語言也不通。雖然體力還行，但膝蓋已疼得不能繼續騎行。只能勉強步行，艱難地走向目的地。

下午四點左右，普羅旺斯的陽光依然很烈，曬得我直冒汗。水壺的最後一滴水也給我「舔」光了，想在路邊找個水龍頭灌點水，愣是沒找到！

而那些起伏的山路，加重了我膝蓋的疼痛，走路也變得越來越難。

問路吧，法國人英文不是很好，而且我能夠找到的問路的人，基本是路邊地裡的農民，一連問了幾個人，才弄明白前面的路徑。

像在美國一樣搭便車吧，也困難重重。我的自行車一般汽車裝不下，只能搭貨車和麵包車。貨車是一輛沒碰到，麵包車也很少。好不容易擋下兩部，一部車上是工地施工的工人，聽不懂我的話；另一部車上除了幾個小孩，只有一個開車的媽媽，依然溝通不了，只能抱歉地擺擺手。

「淪落」到這個地步，是事先沒有想到的。我除了一身汗水淋透的衣服、那輛借來的自行車，一無所有。但至少，我可以思考，可以呼吸，「我思故我在」嘛。以下就是我一路上的胡思亂想。

## 1. 關於異化

我久居城市，在完全沒有現代技術支持的野外環境裡，竟然變得如此無助和脆弱。缺一點點水就感覺非常難受，沒了一部手機和幾張紙（錢幣），就感覺極為不便，特別懷念。

現代科技的發達，使得人正在被各類設施「異化」，身體本身的機能正在一點點退化。長此以往，若干代以後，像我這樣的人類會不會變成四肢弱小、軀幹龐大的「怪物」？

所以，這樣經常性的體力運動還是要堅持的。歐美等發達地區的人們普遍比中國人更重視體力運動，我決定還是要堅持運動起來。

## 2. 風景之美

普羅旺斯地區陽光充分，靠近海洋，暖濕氣流使得降水豐沛，因此有許多不知名的小花和植物。加上人工種植的葡萄和薰衣草等植物，整個地區植被非常好。騎行的路上，兩旁丘陵起伏，遠處還有房屋，可以說是「賞心悅目」。六點多鐘，太陽開始露出柔和的一面，斜陽照在富有歷史感的古鎮上，煞是美麗。

但隨著疲憊、疼痛和乾渴等不適反應的到來，這樣的「審美」慢慢變得麻木。美麗的風景在身體折磨的襯映下，反而顯得沒趣；而那遙遠的古鎮，預示著前路的艱難。

我想，普羅旺斯那些為生計奔波的農民們，那些在烈日下摘葡萄的傭工們，每日面對如此為世人誦詠的風景，也和我此刻一樣毫無感覺吧？

審美是相對的，是非常個人的事情。它對於基本生活而言，是進階，是奢侈；對於生活品質而言，是提高，是進步。這樣高階的東西，是需要好的身心狀態打底的。

## 3. 關於遁世

我沒帶護照，突發奇想，要是我改變路線，走入更深的普羅旺斯，步入遙遠的深山，浪跡在沒有邊境管控的歐盟會怎樣？我可以在葡萄園打工度日，可以靠流浪為生，像高更一樣，和過去的生活一刀兩斷，開始一種完全不同的嶄新的生活。

好像現在有了這個機會！

騎車的夥伴們也許會報失蹤，會多方尋找，也許有人還會為此受到責備。而我就像魚入大海，自由自在，毫無羈絆，在異國他鄉有一個新的開始。可能，我會成為一個農民，或者一個知名作家。創業是比較難了，但成為路邊小店平凡的售貨員，抑或小有名氣的釀酒師，似乎也不是不可能。

想著想著，就越來越離譜了。大概是身體過度疲乏，思緒開始混亂和瘋狂。還好，此時我碰到了尋找我的車輛。看到他們，就像看到久違的親人一樣！少不了互道抱歉和講述相互的故事，而我自己卻還沒有完全從一路上的胡思亂想中解脫出來，還有些迷失的感覺……

這就是我在普羅旺斯迷路的故事。

普羅旺斯的美和我的脆弱與貧乏，讓我迷失了。

二〇一〇年八月二十日



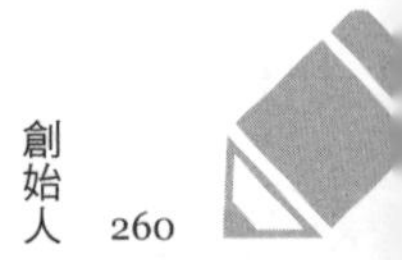

# 詩歌與成長

我們讀大學的時候，流行朦朧詩。

我們常常在交大毛主席像邊上的草地上朗誦北島、顧城、舒婷等人的詩歌，像著名的〈致橡樹〉：

我如果愛你——
絕不像攀援的凌霄花，
借你的高枝炫耀自己；
我如果愛你——
絕不學癡情的鳥兒，

為綠蔭重複單調的歌曲；
也不止像泉源，
常年送來清涼的慰藉；
也不止像險峰，
增加你的高度，襯托你的威儀。
甚至日光，
甚至春雨。
……

比如北島的〈回答〉：

卑鄙是卑鄙者的通行證，
高尚是高尚者的墓誌銘，
看吧，在那鍍金的天空中，
飄滿了死者彎曲的倒影。
……

上世紀八〇年代的詩歌，是我青春期的主題色，是一旦回想就無法迴避的背景。

後來讀宗白華散文集《美學散步》裡的〈我和詩〉，那個青春懵懂的年代又一次浮現在我的眼前。這本散文集裡好文章很多，尤其是一九五〇年以前寫的那些，後面的文章政治色彩較濃，獨立性和個人的真情表達有所磨損。〈我和詩〉寫於一九二三年，作者當時二十六歲，從德國留學回國一年左右，洋溢著青春的浪漫和美好。這篇文章其實不是寫他和詩歌，而是他對青春期成長的回顧。

當一個人喜歡寫詩、朗誦詩的時候，內心往往有強烈的情感需要表達。這種情感也許是離情，也許是別恨；也許是愛情，也許是悲愴；也許是有感於自然的博大和精美，也許是對生命的無奈……詩不是作出來的，不是寫出來的，而是「迸發出來的」，是「流出來的」，那些極致的情感需要這種形式來表達和宣洩。

就像古典音樂的巔峰隨著那個時代和那個時代的生活一起逝去了一樣，詩歌也退回了過往的時代。我們這個時代充斥著金錢和財富、名聲和虛榮、名牌和霓裳、權貴和主義……卻幾乎沒有詩歌，沒有理想。或許在當下的時代，影像和高科技已經取代了文字，成為年輕人新的背景了。

但需要詩歌這種形式的人還是很多，像我對詩歌依然感到親近。在我的身邊，會寫詩、讀詩、朗誦詩的人，一直存在。

詩歌是最早的真實和爛漫，是未被磨滅的理想主義，是不肯遷就的唯美，是內心的獨白和傾訴。

一個只有金錢功名而沒有詩歌的時代，是種悲哀。

以此小文懷念久違了的詩歌年華。

二〇一一年六月二十五日

# 南極之旅

南極是我一直想去的遠方。

《中國國家地理》的李栓科社長是最早進入南極的科考隊員之一，在他的推薦和「慫恿」下，我約了幾個朋友，一起參加了《中國國家地理》組織的首航南極之旅。

路途相當遙遠。我們從北京出發，花了十一個小時飛往巴黎，在巴黎機場待了九個小時，等待轉機，巴黎飛布宜諾斯艾利斯又花了十三個小時。我們在布宜諾斯艾利斯住了一宿，第二天再飛三個半小時到火地島的烏斯懷亞。從烏斯懷亞的港口乘上法國籍郵輪L'Austral，航行兩天半，穿過德雷克海峽，才到達第一個登陸的地點。來回路程加起來，整整八天都待在飛機和海上，真正在南極半島旅遊也就五天時間。

我們是從阿根廷最南端的城市烏斯懷亞登船的。這是一個經濟特區，據說製造業發達，有許多工廠，因為這裡有稅收優惠。我們登船前去烏斯懷亞郊外的一個餐廳吃了頗具阿根廷特色的烤羊肉。阿根廷農牧業發達，盛產牛羊。將柴火燃在中間，四邊圍一圈羊肉、牛肉、豬肉，烤上四、五個小時，那肉是非常香酥可口的。

從烏斯懷亞出發，一路向南，穿過德雷克海峽，就到達了南極半島。我們此次主要在最靠近大陸架的南極半島附近來回，並沒有進入真正的南極大陸，也沒有進入南極圈。

在南極旅遊，運氣特別重要。航線取決於浮冰的情況，浮冰太多就必須繞行。可否登陸完全取決於天氣，颳風下雨會增加登陸的難度，甚至沒法登陸。

據說，我們這艘船運氣是出奇的好。船長說他航行九年，第一次碰上這麼好的天氣。接下去的五天，我們接連登陸了九座島嶼，做了兩次海上巡遊。每天陽光明媚，風平浪靜，讓我們感覺不像在南極旅遊，因為根本沒有那種探險和艱苦的感覺。來之前，為了應對南極的嚴寒和可能的艱辛，我們做了很多心理上和物質上的準備，到了這裡卻完全都沒有用上。

另一件幸運的事，是我有機會下到船底的機艙裡，近距離觀摩了解這艘郵輪的內部機制。

這是一艘非常先進的輪船。船上的所有動力、照明由汽油發電機提供。航行南極地區，使用的是最輕的汽油，排放非常小。淡水由海水淨化而來。船上要求我們節約淡水，我們一開始還以為淡水是從港口運過來的呢。節約淡水，實際上是減少發電量，節約能耗。只要有足夠的汽油，淡水可以說是用之不竭。客房就像賓館的房間，二十四小時熱水、空調、衛星電視，甚至還有衛星電話和互聯網接入。由於微信和微博的普及，遊客們使用網路較多，使得網路速度很慢，幾乎無法使用。

船員以法籍居多，餐飲卻沒有法國的風味，幾乎都是西餐。可點菜，可自助，但一兩天吃下來就開始倒胃口了。張超英帶來的新疆雪蓮辣椒絲成了我記憶裡最美味的食物。滴水之恩，當湧泉相報，我回來後便以十五年茅台相贈致謝。我讓助理找到了這個品牌的辣椒絲，吃起來味道還是不錯。前幾天，我去烏魯木齊，發現確實是新疆名優產品。現在，這款辣椒絲成了我佐煎餅的美味，讓我時常回憶起這趟南極之行。

由於氣溫不是很低，第一天登島，我們幾個同行的兄弟就大膽地脫光了上身，在南極來了個「無上裝秀」。遠處的著名攝影師張超英老師給大家來了個抓拍，把我們拍得很帥。

我們登陸的島嶼大同小異，不同的是冰川的造型、島嶼的形狀。南極半島以冰川、企鵝、雪景為主要景點。一開始我們覺得新鮮、激動，兩三天後就有些審美疲勞了。旅遊的魅力在於新奇感和對未知的探索，在於尋找那種「在別處」和「在路上」的感覺。當我們厭倦了日常的無聊和煩悶，走出熟悉的生活和環境，來到不一樣的地方，接觸不一樣的人和物，感覺到新鮮和驚奇，甚至還有一點點探險的感覺，這就是旅遊的魅力。

畢竟，人類的所有感官享受都是「喜新厭舊」的，正如好東西吃多了就會膩，就會想粗茶淡飯；生活在都市裡久了，就會懷念鄉村的野趣。

船上有許多公司裡的白領，大多還是單身，請長假來南極。現代人厭倦寫字樓生活，渴望著來這麼一次小小的遠行，算是逃避，算是調劑。我想，他們回去後應該精神倍兒爽，憧憬著下一次遠行吧。

南極的年降水量只有五毫米，但積雪一點點積累下來，幾萬年、幾十萬年持續產生的力量卻是巨大的。南極氣溫低，雪的融化不是因為氣溫，而是壓力。當雪越積越厚，底部受到的壓力越來越大，雪粒被壓融成水，又在低溫的環境裡瞬間凍結為冰。雪被就這樣隨著歲月的流逝，在自身的擠壓下，轉變成冰蓋。冰蓋順地勢向大陸邊緣推進，部分冰體漂浮在洋面上，形成冰架；有些從冰蓋中斷裂開，掉入大洋，形成冰山。幾十萬年的雪積壓下來是非常大的力量，密度很高，以至於不能完全反射光線，部分能反射出光線的就成了藍冰；密度高得幾乎不反射光線的，就是黑冰。

我有幸得到一塊南極運回的冰，藍藍的，估計有幾十萬年。配上威士忌或者白蘭地，冰融化後酒杯裡有許多氣泡，那是在喝幾十萬年前的空氣啊！那種感覺很是神奇！

栓科講的企鵝故事也很有意思。

人們都以為鴛鴦是最忠貞的鳥類，實際上並非如此，企鵝才是真正的忠貞不渝。當雄企鵝出去覓石，雌企鵝會待在家裡築巢。在人類世界，男性討好女性用鑽石、首飾，企鵝則是用築房子的小石塊。誰家石頭多，誰家的地位就高，誰家就有錢。

如果配偶一方走失或發生意外，牠們會遵守男不續弦、女不改嫁的族規，抑鬱而亡。也有專家挑戰這個說法，但栓科講的時候很是動情，所以我寧願相信他說的。

地球變暖的說法，在栓科這兒也受到了挑戰。栓科認為，人類跟自然相比太渺小了。人類的活動，根本不可能改變地球千萬年的自然進程。所謂地球變暖，實際上是一部分美國人編造出來的聳人聽聞的謊言。

地球大氣層的熱量主要來自太陽光能。太陽向地球放射的輻射穿透大氣層進入地表，被地面上的物體，尤其是南北極巨大的冰雪鏡面反射，變成長波輻射，才能被大氣層吸收，太陽光線的熱量才留在了地球。當地球的溫度持續升高，就會促使南北極的積雪和冰蓋融化，白色鏡面的反射面積就會減小，留下來的太陽熱能就會減少，氣溫就會隨之下降。南北極實際上充當了地球「空調」的作用。

對於身處季風氣候區的中國來說，地球變暖對我們是有利的。氣溫升高，夏季風西延，降水區域擴大；北方可耕種面積會大大增加，作物的生長期延長了，單位面積上的生物產能增加了。無形中，極大提高了中國的土地品質，尤其是全中國普遍的越冬成本降低了。糧食產量提高，動植物繁殖加快，可供養人口增加。因此，全球變暖不論是猜想還是事實，就中國的自然環境而言，利大於弊。趨利避害是人類的天性，瘦子不能盲目地跟著胖子喊減肥。

栓科是科學家出身，思維嚴謹，知識淵博。我覺得他講得有理。人們太容易人云亦云，不假思索地接受流行的說法和觀念。比如中世紀的地球軸心說，當代的地球變暖論。

我們每天上班活動的半徑也就幾十公里的範圍，即使出差，活動的範圍大致也在幾千公里之內。所有的愛恨情仇、喜怒哀樂、功名利祿、富貴貧賤，也就在這個地理範圍裡發生。跟一望無際的大海、茫茫無邊的南極相比，實在渺小。人短短幾十年的生命，跟南極幾百萬年的積雪相比，同樣微乎其微。

人類太自以為是，覺得自己如何了不起。面對一望無際的海洋和千百萬年的冰山，我們應該謙遜。在幾千萬年的地球歷史長河中，我們太微不足道。

望著大海，看著冰山，回味著栓科給我們講的南極故事，再想想拋在腦後的塵世，那些功名利祿，那些聒噪喧囂，忽然覺得沒有了意思。

也許這是旅遊的真正樂趣：換一個時空，換一種活法，換一套思想。我們是做了一回不同的自我，還是做回了真正的我？不得而知。

回到烏斯懷亞，晚上就著小酒，我們在一家門口有雕塑的小飯館吃了美味的深海大螃蟹。微醺回到船上，我夢見自己變成了一隻尋找小石塊（企鵝的鑽石）的企鵝，「俄然覺，則蘧蘧然季也」。不知是季琦在夢中變成了企鵝，還是季琦一直是企鵝夢中的形象？同樣不得而知。

二〇一三年一月三十日

# 遠行

二〇一四年秋天，我和幾個同齡的朋友相約從成都出發，沿著川藏線去西藏拉薩。川藏線還是有一些讓人緊張。塌方、流石、懸崖、交通事故、高原反應、道路橋梁坍塌……讓人感覺這是一場拿生命去博弈的賭博。

那一年是我的本命年，我碰到很多事情，有一種要逃出去放逐一下自己的衝動。這個時候沿著三一八國道去西藏，無疑是一個非常好的時機。

正是懷著這樣的心情，我在書房整理行裝的時候，一股衝動從心裡湧出。我想寫點什麼，遂坐下，在電腦前，將心裡的湧動敲到鍵盤，寫了〈遠行〉這首詩：

每一次遠行，都是一場離別

也許，只是一次短暫的別離
也許，從此天涯，甚或陰陽兩界，永不復返
我們不知道，這一次是生離還是死別

每一次遠行，都是一場救贖
也許，遠行是為了拯救
也許，出發是為了贖罪
但是，往往，既拯救不了別人也贖不了自己的罪孽

每一次遠行，都是一場重生
也許，我們會脫胎換骨，洗心革面
更多的時候，除了鞋子上的泥巴，我們依然故我
但是，至少遠行，給了我們更多生的理由

每一次遠行，都是一場未知
也許，在前面拐彎處，會遭遇到夢裡的凌霄

但是，多數時候，只是無聊的路人和單調的風景
對於遠方，就像對於未來，對於我們自己
憧憬，但一無所知

當時的心情，詩歌表達得很充分了。

閱讀文藝作品時，讀者會有一個移情重置的過程，也就是將自己的經歷、心情、想像的情景放在作者所描述的氛圍裡，重新創作屬於自己的作品。我想別人讀這首詩，跟我當時的感受肯定不一樣。

這首詩從旅行到人生，從前途的迷茫到人性的察覺，從沉悶的黑暗到重生的力量，基本上把那個階段我的內心表達出來了。

詩歌是特別私人的。我寫過不少詩歌，都不太願意發表或示人，因為早就過了尋求理解的年齡。

還記得我們大學的時候，朦朧詩很流行。我們在交大廣場的草地上，朗誦著北島、顧城、舒婷等人的詩歌，慷慨激昂、豪情萬丈。那種青春的味道，我依稀還記得。那時候不經意的一些人文因數，在我們的人生裡發酵，就像紅酒，歷經歲月，越發香醇。在知天命的年紀，許多矯飾都已褪去，朱砂痣般的愛恨情仇也已淡化成模糊的蚊子血，詩歌反而從深處探

出頭來。它自然、真實，甚至連最重要的形式都不看重，只是內心的謳歌、抒唱。

隨著社群媒體的發達，詩歌似乎又成了當代的一種時尚和流行。這說明，這個時代確實需要詩歌，需要人文。大家在物欲過強的氛圍裡，在信息爆炸的衝擊下，更需要滋養心靈的養料，而包括詩歌在內的人文產品，遂成了一部分社會菁英的選擇。

我們的全季正是在這樣的背景下誕生、壯大，「全季人文」也是為了滿足廣大的季粉而推出的。如果說能夠跟大家內心深處的那些詩意產生一些共鳴，能夠推動這個社會向著美好、理想的方向發展，我是非常願意獻醜，跟大家分享自己的詩歌的。我的詩歌雖然不一定好，但是拳拳的心是真誠的。

就像人生下來並沒有善惡一樣，人生其實既不苦也不甜，關鍵在我們的內心。帶著詩、唱著歌、跳著舞步的人生，一定是快樂美好的。所以，我們要寫詩，要讀詩，要朗誦詩。我們不是要成為詩人，而是要過詩一樣的生活。

二〇一六年十一月二日

# 了不起的勃艮第

應朋友之邀，去勃艮第拜訪酒莊。去之前，朋友預約了羅曼尼・康帝（Romanee Conti）家族。然而去的當天，據說那哥哥心情不好，週六不願出來接待了。哎，法國人哪，真是任性、會享受啊。但是，那人是羅曼尼・康帝，確實也可以任性。

好在朋友在勃艮第根深葉茂，我們一行驅車直接到了羅曼尼・康帝家隔壁的一家酒莊。進了院子，看到一個不起眼的傢伙，個兒不高，留個八字鬍，穿件牛仔褲，拿著水管在清掃地面。他看上去像是這裡的幫工，在這兒打雜的。他跟我們打招呼，要帶我們去酒窖參觀。我心裡在嘀咕，雖然法國的人工是貴，但我們一群人來參觀，居然讓一個勤雜工帶我們，也太將就了吧。

在地窖門口，我特地問朋友，老闆呢？他說，這就是老闆。好吧，看這老闆的模樣，酒

莊也不會怎樣。帶著悉聽尊便的心情，我下到了地下酒窖。

地下的空間很大，最初是教會僧侶開鑿的，裡面堆滿了橡木桶。他給我們介紹橡木桶的講究之處。比如，要事先選好一片樹林，專門用這片林子裡的橡樹來做桶；他只用新橡木桶，兩三年後更新一次；為了體現法國情懷，將法國國旗的三色箍在了橡木桶上；他兒子在美國看到一個漂亮的塞子，特地買回來塞橡木桶，用的時候才發現原來是中國造的；他有一面特殊的玻璃，裝在橡木桶上，可以看到白葡萄酒逐漸沉澱的過程……他帶我們看了落滿灰塵的裝著老酒的橡木桶，和裝著一百年以內的年份酒的那些。他指了指那間裝年份酒的倉庫說，隔壁就是羅曼尼．康帝家的酒窖。我看到了一瓶一九六六年的酒，試著問能不能買下，這哥哥居然爽快地說會寄到我家裡！

此刻，他在酒窖裡侃侃而談，仿若一位道地的葡萄酒釀造專家。他知道所有的細節，非常享受跟我們介紹和葡萄酒有關的種種有意思的事情。

最後，我們到了品酒室。雖然在地下，但是燈光布置得非常恰當，還有一架鋼琴放在中間。他為我們詳細介紹了勃艮第葡萄酒的四個等級：勃艮第、村莊、酒莊、地塊。總而言之，越小的命名（比如到地塊）越高級，越大的命名（比如勃艮第酒）越差。

我們一共品了他們家六款紅酒，後面四款都非常好。他說他不喜歡酸的味道，所以會盡量將酸味去除。他還欣慰地告訴我們，他兒子也喜歡葡萄酒行業，已經參與進來，這個莊園後繼有人了。

他還跟我們說明為什麼他們最頂級的葡萄酒出產於一個相對短的狹長地帶上，原因是那些地塊在一個地質斷裂帶上，含鈣高，水分足。他的品酒室還保留了部分原始的底層剖面。他認真地說，不是他的水準高，而是上天給了一塊好地，才能出產這麼美妙的葡萄酒。

因為先前的印象，我故意問了他一個問題：「你的酒好，還是那些名氣更響的酒好呢？」他似乎不太開心，反問：「嚴培明[1]的畫好呢，還是畢卡索的畫好呢？」

就像男人喜歡女人一樣，沒有最漂亮的，只有你自己最喜歡的女人。不管是藝術、愛情，還是紅酒，每個人喜歡的都不一樣。理所當然地，他認為他的酒一點也不輸給其他酒莊。從二〇一六年開始，他的酒裡就不再有二氧化硫了（絕大多數葡萄酒都含有二氧化硫，主要用於製作過程中的消毒等），而它是導致你喝酒頭疼的原因。

我覺得有點冒犯他，不太好意思，就提議品嘗那瓶一直沒動過的白葡萄酒。當我們喝到那瓶白葡萄酒的時候，一個個都驚呆了，太好喝了！這也是我這輩子喝過的最好的白葡萄酒！而這瓶酒售價只有幾十歐！

老闆讓我們很嗨，大概他也被感染了，坐到鋼琴前即興彈奏起來。他彈得輕鬆愉快（估計是當地的音樂），但聽得出來彈得不錯。

我覺得這老闆陪了我們大半天，臨走我們總是要買點酒吧，以示感謝。我還大膽地說，

買他兩個橡木桶的酒，一箱白的，一箱紅的。這哥哥居然說不賣！他說酒的產量太少了，不夠分。我又一次被打擊到了。

這傢伙從最初的「勤雜工」，到「專家」，到「企業家」，再到眼前的「藝術家」，讓我大開眼界。勃艮第這個地方真是藏龍臥虎，看上去不起眼的房子，居然是羅曼尼·康帝；看上去不起眼的葡萄園，都是聞名世界的大莊葡萄田；看上去不起眼的人，居然是這麼一個有趣、有才、有情懷的酒莊老闆。

更有意思的是，自此為止，我都認為這是一個普通的酒莊、普通的品牌，回來做了一點功課，又是大吃一驚！這家酒莊非常有名！葛羅兄妹酒莊[2]，是可以跟羅曼尼·康帝相提並論的酒莊！真是狗眼看人低，這次勃艮第之行確實狠狠教育了我一下：不能以貌取人，不能以外表來看待事物。

我還是設法託朋友買了些他們家的酒，這個不是出於感謝他陪我們了，而是我真的想喝他們家美妙的酒啦！

1 嚴培明，著名旅法畫家，他的工作室和家就在第戎，在這裡似乎是家喻戶曉。

2 葛羅兄妹酒莊（Domaine Gros Frere et Soeur），位於法國勃艮第的夜丘（Cotes de Nuits）葡萄酒產區。該酒莊是當地沃恩—羅曼尼村（Vosne-Romanee）葛羅（Gros）家族四大酒莊中人氣最高的酒莊。因為酒標上印著一只金色華麗的聖杯，葡萄酒愛好者們就給它取了個「大金杯」的外號。葛羅家族是當地著名的釀酒世家，酒莊的現任莊主是伯納德（Bernard）。

從葛羅兄妹酒莊出來，晚上去參加了勃艮第酒商晚會。晚會上，我還被授予了勃艮第的紅酒騎士勳章。看來，我跟勃艮第還真是結下了不解之緣，滿滿的都是收穫，悄悄的都是驚喜。

二〇一六年十一月三十日

# 選酒心得

好酒每個人都喜歡，但每個人對好酒的定義不同。生理上的事情其實非常個人化，你覺得這個葡萄酒好，就是好。著名的五大酒莊，除了拉圖，沒有一款我特別喜歡的。瑪歌、拉菲，對我來說都很一般，所以貴對我來說沒有用。這種個性最終將形成每個人對食物、酒、茶、菸等消費品的選擇體系，你可以根據自己的財力對它們進行配置。

我招待客人的時候會精心挑選適合對方、場合、食物的酒。對法國人來說，他們未必看得上你給他喝所謂的「好酒」，那些知名的、昂貴的「土豪酒」。

如果請客人吃我們老家的海鮮，我可能會選勃艮第蒙哈榭地區產的白葡萄酒來配。白葡萄酒的差異非常大，有的很酸，有的帶點甜味；有的很飽滿，有的卻不是。蒙哈榭地區的白葡萄酒帶果味，不那麼澀，深得我心，但一般不便宜。後來我找到一款類似口味但價格便宜的，是大金杯他們家的，非常好喝，一瓶只要幾十歐。如果配肉，像紅燒肉這些，我會選波爾多右岸伯米侯地區的紅酒。它順、柔、醇厚，不澀不酸，很多中國人喜歡這個地區的酒。口感醇厚的酒跟紅燒的東西很搭。紅燒的東西有甜味，需要很成熟的味道去配，這樣它的味道才不會受酒的影響。義大利和西班牙的很多酒配紅燒肉也很好。

通過這種方式，客人會知道，老季是真的用心。法國人會知道，老季這個人是真的懂法國，不是個不懂法國的土豪。有些土豪老闆可能掏個二十萬買瓶很貴的酒就完了，但我不是這樣的，我很用心地去選。這樣的用心可以收穫友誼。

有一次，我和一個法國朋友說我有個夢想，想看到月亮從艾菲爾鐵塔那個框子裡升起來。他還真找到了這樣一個地方。艾菲爾鐵塔對岸有一個博物館，博物館的咖啡館正好能看到月亮從框子裡升起來，他就帶我去那兒吃飯。那場景特別有意思，特別浪漫，特別適合帶愛的人一同前往、欣賞。

二〇一八年四月七日

# 吃飯這件小事

## 1.「飲泉農場」的實驗

我出生在江蘇南通如東縣飲泉鄉呂灣村。前些年，為了讓孩子吃到健康的食物，我將我出生地的生產隊一大半的土地租下來做農場。

原先的土地濫用化肥、農藥，我們將地荒蕪了兩年，任雨水沖刷，雜草生長。這塊地裡有三條小河，正好位於水系的最末端，雨水順著河道流向大河，匯入長江，再到大海，所以，其他地塊的污染不會通過河水滲入到我們的地塊。雖說兩年廢置的時間還不夠消解高殘留的農藥，但已有了很好的成效。

一開始，我養殖了雞、鴨、牛、羊、豬等，這些家禽帶來了足夠的有機肥料。兩年後，我開始在地裡種玉米、小麥、水稻、果樹、蔬菜，在河裡放養了魚、蝦、蟹。

現在，我定期叫人送新鮮的蔬菜和肉類來上海，不但吃得放心，而且非常新鮮、美味。幾個有小孩子的朋友家庭，我們也順便一起送菜。從此大家過上了美好的集體農場生活。

雖然原來的鄉名——飲泉已經不用了，但是我很喜歡「飲泉」這個名字，因此還是將這個小試驗田命名為「飲泉農場」。

## 2. 大米的味道

小時候，我們那裡的主要農作物是水稻。那時我們吃的大米是學名為「粳米」的那種肚子圓圓的米。後來上學，吃的是產量高的「秈米」，秈米很乾，沒有油分，不好吃。工作後，我有機會嘗到著名的泰國大米，卻不敢恭維，不很喜歡吃。因此，我時常懷念小時候的家鄉大米。

那時，每年秋收的時候，大家都在地裡忙收割，女人割水稻，男人挑穀子來曬場，小孩子在地裡拾稻穗。晚上，大人們在打穀場挑燈打穀，我們小孩子則興奮地在稻草堆裡捉迷藏。

新打的稻穀經脫殼去糠後，煮出來的粥微微泛綠，煮出來的飯油光閃閃，好看又好吃。即使沒有菜，光吃米飯，也可以吃得很香。

童年、少年的記憶在腦海裡烙下了深深的印記。年紀越大，離家鄉越遠，那種美好的感覺卻越清晰、強烈。

後來，吃到日本的大米，尤其是新潟魚沼的大米，我找回了兒時的感覺。一開始在國內買，很貴；後來從日本帶回來，又很麻煩。試著嘗試黑龍江的五常米，但跟日本的米相比差太遠。

起初我也沒看上、沒注意到飲泉農場的米。但有一次，我誤將剛送到的農場米當成了日本米，煮出來發現很好吃！用它煮出來的粥泛著微微的綠色，跟小時候吃到的粥一樣，入口還有一點點甜味。我特別高興，將日常的用米改成了自己種的。這幾年，我對吃的越來越挑剔，但對家鄉的大米從來沒失望過。

家鄉人告訴我，飲泉農場徹底貫徹有機的理念，不用化肥，只用有機肥；不用農藥，除草、殺蟲都是人工。選擇的是優質品種，不用基因改造的品種。

水好、土質好、種子好，加上足夠的晝夜溫差、較長的生長週期，這樣種出的水稻自然是好水稻。

## 3. 水很重要

煮粥、燒飯，水很重要。

小時候燒飯用的是河裡的水。那時候，沒有這麼多污染，河水清澈見底，不時還有魚蝦在水裡游過。

為了找到最合適的水來燒飯，我從超市買來各種礦泉水、純淨水、蒸餾水。各種水試驗下來，我發現法國阿爾卑斯山出產的依雲，飽含礦物質，跟大米配合最好。如果是新米，可以燒出綠色的米粥來。因為條件所限，我沒能夠嘗試井水，估計井水也是可以的。井水是深層地下水，礦物質含量高。

其次就是鍋。鍋的話，以日本的虎牌電飯鍋為最佳，因為它加溫的過程有講究。煮飯、燒粥時，米和水的比例也標注得很清楚。

米的保存和儲藏也重要。小時候家裡會有好幾個木頭或者水泥做的櫃子，放在陰涼處儲藏稻穀，第二年再拿出來研磨加工成大米，雖然陳米口感會差很多。現在有了冷藏櫃，倒方便很多。將稻穀在冷藏櫃裡儲藏，吃之前加工成大米，可以獲得最佳口感。如果條件限制，不方便儲存稻穀，將研磨好的大米冷藏，也能最大程度地保鮮。

## 4. 簡單的「小確幸」

簡單的食物，也可以很講究。有機，其實便是回到當初的簡單。剛開始的時候，講究細節會有比較高的成本。但當整個社會都開始關注和執行的時候，有機生活就會變得更大眾。

這些細小的「小確幸」正是促使我們熱愛生活、創造美好的小點滴。只要我們用心去體會，用心去做，推動更多的人和機構一起行動，涓涓細流就能匯聚汪洋大海，最終成就美好生活。

二〇一七年二月八日

# 我的日常生活好物

從大米開始，我計畫做一個「季品」系列，作為我個人的日常好物推介，分享給我的朋友們。

除了在老家種稻，我還在那邊做油。老家的油菜花長得特別好，做出來的菜籽油特別香，很適合炒菜。未來我可能會再選一款葡萄酒，茶和香也會選一款。通過「季品」，我想把那些我覺得好的，同時容易流轉、保存，又不會太貴、太小眾的東西推出去。這跟商業其實沒有關係，更像是我自己的一個生活好物推薦品牌，表達我對生活的理解。除了吃的，我可能還會推出用的，例如王金川的紫砂壺，他做得很和潤，價格也可以接受。

人有動物性、人性和神性。我在「人」的建功立業上面還可以，因此想把動物性也展示一下。把我喜歡的酒、茶，覺得很愜意的東西推廣出來。在神性這個層面，像書、音樂、藝

術，還有我的一些思考，一些比較靈性的東西，我也想要分享。

我用的一枝筆是我自己改製的，筆芯來自凌美（Lamy），一個非常時髦的牌子。我把筆芯拆下來，做了一個手工的套子和竹子的帽子，改造了一下。外觀完全看不出來是凌美，但是性能很好。我有很多這樣的小東西。

很偶然地，我得到香道大師劉良佑的一串奇楠手鏈，特別好聞。我原來不知道它的珍貴，總隨身帶著那串珠子出門，隨意放在兜裡，出差也帶著。後來才知道這個珠子很昂貴。《紅樓夢》裡，元妃後來回來省親，給賈母就送過這樣一串珠子，其他人都沒有，只有老太太有。後來，當我聽說劉良佑再沒有其他珠子在市面上流傳，就不敢再用了。我正在尋找沉香，選擇我喜歡的味道，準備自己做珠子。

我現在喝茶，上午是綠茶，下午是紅茶或普洱，茶葉都是有機的，也是我自己挑選的。茶具我會用日本的銀壺、上下的竹編，都是我親自挑選的。在挑選的過程中，我試圖把日本、中國，古代、現代的審美結合起來。我有個用來喝茶的碗，是仿宋朝的設計。直接用古董的話，我喝不起，喝得起也捨不得用，那就仿一個。我做了一批，在日本製作，仿中國古代的設計。出差我會點香，打坐、讀書都會點一枝香。這些經歷讓我慢慢對審美有了感覺。

審美這種東西，當你還在求溫飽的時候，是想不到的。只有肉體滿足了，才會追求審美。我本人是，企業也是。當我開始要做高檔酒店的時候，我去接觸藝術，去看各種畫展。

我一開始起點也比較高，我身邊有兩個朋友：一個是蔣瓊耳，上下的創始人；一個是設計師周光明。他們的審美，我認為在中國、在東方，甚至在全球都是處於一個很高的水準。他們帶我進入了新的審美世界。我做禧玥的時候，很多東西都是光明來設計，很多配飾都是瓊耳在做。他們化腐朽為神奇的能力非常強。一件簡單的家具，給上下一做就是那麼好用，那麼漂亮。很多復古的椅子沒有上下做得那麼漂亮，多了很多裝飾、矯情的東西。上下的產品都是簡潔的線條，看上去很簡單，坐起來很舒服。

我在審美的世界裡不斷進步，華住也是。從注重CP值的漢庭，到體現中產情懷的全季，再到特別關注審美的禧玥，整個企業的發展跟我本人有很密切的關係。

二〇一八年四月二日

# 故鄉的味道

對很多人來說，小時候養成的口味，一輩子都很難改過來。一直到現在，我還是很少吃西餐，念茲在茲、經常在吃的還是老家如東的家常菜。很有趣的是，因為小時候基本處於半飢餓狀態，唯一能嘗到的味道就是米飯或者饅頭的味道，所以那種味道至今依然能給我帶來非常美好的感覺。當時整天是餓的，能吃到饅頭和米飯就是特別開心的事。

農家在臘月的時候會蒸很多饅頭，我很愛看大人做饅頭和蒸饅頭的過程，因為蒸的饅頭特別多，偷吃一兩個是不要緊的。中秋、春節的時候會起油鍋，炸肉圓子、燒魚，能聞到醋啊油啊醬油啊在鍋裡散發的味道。聞到這種味道，就知道要過節過年了。它們是奢侈的味道。

我們那時候沒錢買肉吃，但會去抓魚，抓一些河鮮吃。我的外公是一個遠近有名的廚師，做菜很好吃。放假的時候，我會去外公外婆家，每天早上我的外公會提個小籃子去農貿市場買海鮮。買回來之後，我很早就在路邊等著他。他有時候會給我帶個糖，有時候沒帶，但籃子裡總有一堆菜。看到這堆菜，我就知道有好吃的了。跟外公外婆在一起的時候，留下了很多美好的回憶。

我們廚師做的很多菜，小時候外公都做過。例如文蛤餅，可以算是如東名菜了。還有梅子魚——因為小時候家裡買不起黃魚，所以用梅子魚代替。外公會把梅子魚的頭掐下來，放在一起燒湯。魚頭是沒肉的，但放在一起燒有鮮味，燒出來的湯很鮮。這是窮人的智慧，用簡單的食材做出很美味的東西。那味道讓我記到現在，也形成了我根深柢固的飲食偏好。

二〇一八年四月二十一日

# 江南情結

生於江南，長於江南，我想我是有江南情結的。如果把江南小鎮比喻成女孩子，她是現在流行的審美嗎？大紅唇，瓜子臉，雙眼皮，再戴一副時髦的墨鏡，全身配上愛馬仕、LV……我認為不是的。她的氣質應該婉約、溫潤。我想像她在濛濛細雨中打著一把油紙傘，從鄉村的小道上裊裊走來，身著旗袍，旗袍上有小碎花……這是江南美女的氣質，也是江南的氣質。在這方面，我的審美是很古典的。

有件很有趣的事：我和上下的瓊耳是好朋友，有一次我問她：你們怎麼不做內衣？她說女生內衣的尺寸不好做，量也很難把握。我說中國古代有肚兜，它通過綁帶調節大小，胸圍大的鬆一點，胸圍小的收緊點的，又實用又美。她覺得很有道理。

我後來還給了她一個設計方案：放十二朵不同的花在肚兜上，從十二個月裡選每個月的「花魁」、「節氣之花」，再用蘇州的刺繡將它們繡在肚兜上。這很有情趣。老公如果買這一系列肚兜給太太的話，每個月可以看見不同的花。我還建議推出兩種：一種是短的、繫在上半身的，是純粹的、性感的內衣；一種長度到大腿，不是那麼露，可以在家裡穿。料子呢，用最好的絲綢。這款肚兜正在製作，近期可能會有個發布會。我們可能會邀請不同體型、國籍的女人來試穿，高的矮的，甚至可能找孕婦。我相信不同的女人能穿出不同的風情。

江南雖美，但偏陰柔。老家南通在這點上平衡得很好，它有一股野蠻的力量，卻也不像北地那麼粗糙。俞敏洪是典型的江南人，口才好，喜歡到處演講，做導師，跟傳統的江南才子很像。我喜歡的狀態是在野蠻和文明之間做博弈和權衡，那很有味道——既不去張揚，也不是歸隱山林，而是執中。

二〇一八年五月十日

## 二　從出離到進入

什麼樣的物品才能稱得上奢侈品？
我覺得應該是用錢很難買來的東西。
什麼東西用錢買不來？
精神的東西、用心的東西、愛。
這些才是世間一等之物。

# 奢侈品

說起奢侈品，似乎亞洲人格外難以抵禦其誘惑。

一直以來，上流社會和富人群體通過符號性強的昂貴物品和品牌顯示自己的身分，和普羅大眾區分——不僅僅是器物本身的區分，也是心理、文化層面的區分。日本、韓國，以及中國的香港和台灣地區隨著經濟騰飛後，迅速成了歐美奢侈品的擁躉。這些年，中國經濟日漸繁榮，隨著富裕階層和高級白領階層的興起，一大批奢侈品品牌，比如愛馬仕、香奈兒、古馳、LV、勞斯萊斯、賓士、法拉利等，也令國人趨之若鶩。

如今，香港大佬用愛馬仕包來撩妹，廣場大媽也會挎一只LV包包（真假不論）去買菜。我們在上海石門路的一家漢庭，經常有開著法拉利、保時捷跑車的小年輕來住店，這樣的情形在杭州、上海、南京經常看到。

奢侈品狂潮在日本早就消停了，在東京、大阪的二手寄賣店裡能看到許多奢侈品，那都是狂熱過後的「去庫存」。隨著石油價格的下跌，中東的豪買也漸漸退燒。在未來，大部分曾經的奢華品牌都會淪為中產品牌——最後的貴族終將消失，新的中產將會取代。只有部分理解了奢侈的真正含義、有遠見的公司會堅持下來，它們推出的產品也將成為新時代的奢侈品。

有一次，我看到很多俄羅斯富豪在法國南部炫富，但旁邊的法國人往往不是用欣賞和羨慕的眼光來回應。這個場景讓我不禁思考為什麼發達國家的人們對奢侈品的心態更為淡定。一切精良、美好的物品都是好的，然而物品只是拿來用的，可以帶來快樂，卻未必決定幸福。我想這才是關鍵。

那麼什麼才是我們這個時代的奢侈品呢？美國《華盛頓郵報》評選出的世界最新十大奢侈品如下：

1. 生命的覺醒和開悟
2. 一顆自由、喜悅、充滿愛的心
3. 走遍天下的氣魄
4. 回歸自然

5.安穩平和的睡眠
6.享受屬於自己的空間和時間
7.彼此深愛的靈魂伴侶
8.任何時候都真正懂你的人
9.身體健康和內心富足
10.感染並點燃他人的希望

沒有一樣是物質的，都是精神性的。

什麼樣的物品才能稱得上奢侈品？我覺得應該是用錢很難買來的東西。什麼東西用錢買不來？精神的東西、用心的東西、愛。這些才是世間一等之物。

佛教說，發心很重要，也就是做一件事情的出發點很重要。如果一個手工藝師傅在製作一只皮箱的時候，想的是要把最好的作品、最傳統的手藝融匯在這只皮箱裡，心裡是愉悅的、快樂的、開心的、帶著愛的，那麼這只皮箱不管是哪一個品牌，都是一件奢侈品。

我們的員工在打掃客房的時候，帶著快樂的心情，想著這個月的工資可以給孩子支付學校的學費，多下來的錢給公婆買過年的禮物，然後非常用心、認真地整理房間、鋪床、鋪被子、放枕頭，那麼這間客房就是一件奢侈品，超越了品牌定位。

據說，古巴老派捲雪茄的工廠，會有人在大廠房裡通過喇叭聽古典小說，比如《鐘樓怪人》、《基督山恩仇記》這樣的世界名著。這些工廠做出來的雪茄，似乎更讓人神往。

從商品角度來講，帶來幸福的奢侈品必須同時具備以下幾個特徵：創造性的設計；帶著愛心的製作或參與；用料品質高，對環境沒有破壞。創造、愛心、環保，都不是可以用金錢買來的，但這些才是我們這個物質發達時代特別珍貴的東西。

全季酒店、媽媽做的菜、相愛的兩個人的孩子，這些都是我珍愛的奢侈品。

二〇一七年六月二十五日

# 朋友圈

鄧巴定律認為，人的大腦皮層大小有限，提供的認知能力只能使一個人維持與大約一百五十個人的穩定人際關係。這一數字是人們擁有的、與自己有私人關係的朋友數量的上限。

英國人類學家羅賓・鄧巴（Robin Dunbar）從猿猴社群研究開始，發現狒狒通過相互抓蝨子來增強感情，而人類幾萬年前發明的語言，增加了交往的能力，使得大腦皮層的處理能力提高。這個一百五十的上限，是根據人腦大腦皮層的複雜度計算出來的。

在一個有五位成員的群體中，成員間共有十組雙邊關係；在一個有二十位成員的團體中，雙邊關係的數量上升到一百九十組；五十個成員的團體則升至一千兩百二十五組。這樣的社交生活需要強大的大腦。大腦皮層越大，人們能應付的群體規模也就越大。因為生理限制，人類不具備應對一個無限大的群體的充分處理能力。

大多數人最多只能與一百五十人建立起實質關係，不可能比這個數字多出太多。從認知角度來講，我們的大腦天生就不具備這樣的功能。一旦一個群體的人數超過一百五十，成員之間的關係就開始淡化。

雖然現在文明程度越來越高，但人類的社交能力與石器時代沒什麼兩樣。鄧巴寫道：「一百五十人似乎是我們能夠建立社交關係的人數上限，在這種關係中，我們了解他們是誰，也了解他們與我們自己的關係。」

鄧巴發現，一百五十人組成的團體隨處可見。

縱觀西方軍事史，最小作戰單位「連」通常約有一百五十人。Gore-Tex 材料生產企業的分支機構將員工人數控制在一百五十人之內，超過的話，就會將他們一分為二，再建一個新的辦公室。有人對倫敦寄出聖誕卡的數量進行統計，以一個人寄出的全部卡片為例，收到賀卡的人數平均為一百五十三點五個。其中，約四分之一的卡片寄給了親人，近三分之二給朋友，8％給同事。

一般而言，我們最核心的朋友圈有五人，包括家人和閨密，他們是最親密的朋友。然後是十五人，這是真正的朋友圈，在這個小圈子裡你可以自由吐露心曲，尋求安慰，這些人去世的噩耗會給你帶來重創。然後是五十人，五十人通常是大洋洲和非洲土著等狩獵採集型社會中，集體在外過夜的人數規模。能保持社交關係的上限是一百五十人，超過這個數字，往往因為太複雜而無法駕馭。這些數字大約以三的倍數增長。

鄧巴還有一些有趣的發現，比如，普通友誼在缺乏面對面溝通時可以持續六到十二個月；女性可以擁有兩個最好的朋友（包括她的愛侶），但男性只能有一個。

有人問鄧巴，數位技術能否讓人們在維繫老朋友的同時，結交新朋友，從而擴大整個社交圈子？他斬釘截鐵地回答：「不！」後面還補充了一句：「至少現在看來是這樣。」

美國的社群網路最著名的是臉書，還有早些的 YouTube 視頻、推特，以及職場社群網站領英等。中國的社群網路有新浪博客、新浪微博、微信、QQ 等，其中微信是最流行的。大家見面的時候，尤其是年輕人，以交換微信為主，名片倒給得少了。我們公司內部也有若干微信群，平常大家用微信來交流、分享，相比之下郵件溝通比以往少很多。

於是，我觀察到很多人已經被社群媒體綁架了。

比如朋友圈。微信本來是一個即時通訊工具，非常好用，國外的同類應用是 WhatsApp。可以傳圖像、聲音、文字，而且算法很好，傳送速度快。朋友圈功能就是社群網路的範疇了，可以及時知道朋友們的最新動向，我們也可以轉發有意思的東西。

有人喜歡曬自己的小孩，有人喜歡曬吃到的美食，有人喜歡將自己旅行的風景一路拍下來分享……當朋友圈有十五個人的時候，你是喜歡看的，因為你關心身邊這些親密朋友，他們的瑣事也可以讓你快樂。當有五十、一百五十，甚至幾百數千人，當朋友圈充斥了大同小異的生活瑣事，你還會覺得愉悅嗎？更何況其中還包含無聊的雞湯、不真實的美顏、聳人聽聞的標題黨、煩人的廣告、良莠不齊的自媒體文章……

還有那種要命的暱稱，你很快就不知道誰是誰了。又或者是氾濫的微信群，你會因為為難而不好意思退群……

由於手機是隨身帶的，有微信等即時信息進來，我們就會收到通知，我們的時間就常常被打斷，這就是「碎片化」的來源。我們很難有思考的時間、發呆的時間、安靜的時間。最麻煩的是逢年過節，微信問候逐步代替了簡訊，如同信息轟炸一樣讓人難以躲避。

正因如此，很多人被工具綁架了。活在手機裡，消耗了時間，忽視了真實的世界和情感，也導致了更薄弱的知識結構。手機或社群媒體，正在讓人迷失。

針對這個問題，我的應對方式是：

1.設立私人微信號。我估計 iPad Pro 這樣的兩棲產品（台式應用和移動應用）會逐步取代原來的筆記型電腦，就將原先的微信號綁定在這個 Pad 上了，讓它跟郵件、瀏覽器一起，成了平常辦公的一個應用而已，沒事不去看它。因為 Pad 足夠大，也不太好隨身帶，這樣也就不會打擾到我。有時候，我半天、一天不看微信，也沒有什麼大事。特別要緊的事情還是可以電話溝通或見面溝通，不會誤事兒。特別嚴肅和正規的事情，還是用郵件，安全性和歸檔都好。私人微信目前只有三十一人，按照鄧巴定律，未來我不會讓它超過五十人。

2.退群和拆群。有些群非常聒噪，就退出。我們有個大學同學群，某個晚上起來，有上百條信息。雖然設了免打擾功能，這麼多資訊怎麼可能去看？即便有些有價值的信息，也混跡其中，芳蹤難覓。我毅然退了群，但同學情誼並沒改變——至少我心裡是這樣想。

我是個有潔癖的人，不管是辦公桌還是辦公室、書房，沒有一樣多餘的東西，始終是乾乾淨淨的桌面。雖然微信群可以設置免打擾，我還是覺得被打擾了。所有微信看完和處理完我都刪除，所以我的微信主屏很乾淨，要麼是沒有閱讀的微信，要麼是待處理事宜，不相干的一律被刪除了。重要的文章和信息就收藏起來。

這個原則同樣在郵件上應用，只是重要郵件我會歸檔。

我曾經也建了不少群，現在就有意識地拆群，除了工作交流群，私人交流的群只保留了一個：「美好生活」群。裡面都是一些比較近的好朋友，都是很有意思的人，平常分享一下有趣的事情，比如好吃、好玩的去處等。其中有許多藝術家，還不時帶來一些美的分享。

3.關閉朋友圈。我漸漸地關閉了大部分朋友圈，避免自己被不相關的信息打擾。我保留了一些親近的朋友、分享質量高的朋友、工作專業相關的朋友等的朋友圈。我依然看朋友圈，但都是快速瀏覽，有意思的再點進去閱讀詳情。好的文章我會放在收藏裡，以備將來查閱。對於重要的長文章，我會用一百八十克的厚紙，用印刷級的噴墨機列印出來，雖然不至於洗手、焚香，也是比較認真、嚴肅地去閱讀。

4.訂閱自己感興趣的公眾號。有許多公眾號做得不錯，比如「為你讀詩」、「新世相」，內容人文味道很濃。當然，華住和全季的公眾號也是必須關注的，因為自己經常會用到。

5.重新訂閱雜誌，保持閱讀書籍的習慣。我又重新訂閱了自己喜歡的雜誌，比如《中國國家地理》、《三聯生活週刊》、《生活》等。雜誌的內容基本是由一定水準的編輯主持，記者也是有一定功底的，也不是每天騷擾，一週或一月，內容有一定深度，還是值得去看的。

書籍更是如此，作為人類歷史上禁得起時代和眾多智者檢驗的人類智慧的精華，值得我們花時間仔細研讀。我基本不讀最新潮的流行內容，也不讀管理寶典之類的雞湯，而是以宗教、哲學、詩歌、名著為主。

平常自己也寫點東西，整理思想、記錄見聞、論說觀點等。

這樣的堅持和安排，至少可以使得自己不太碎片化，遠離流行、俗媚和庸俗。

在這個碎片化的時代，尤其要對值得我們花時間的事物傾注最大的關注——精選值得我們花時間的事情和人，將這些事情做到極致，對我們愛的人付出最真的情感，給予這些人和事最多的時間和資源。

交流工具的便利帶來了信息的氾濫，容易使我們的生活碎片化，而這極有可能是平庸化的開端。而在這個裂變的時代，培育內心力量、堅守自我、愛惜最在意的人和物，是最珍貴的。

人必須安靜下來，才能傾聽到內心的聲音。

二〇一六年五月二十二日

# 性、婚姻和愛情

朋友在微信裡發來一篇文章：〈馮侖談女人的段子〉，估計是有人根據他的各類發言、文章整理的。馮侖是前輩，也是老朋友，年輕時還追過他的文章。馮侖的文字一如既往地流暢、詼諧，看似打諢賣俏，實際嬉笑逗樂皆文章，但是文中的一些觀點我卻不認同。其實我也有很多想法，只是沒有機會整理出來，正好借賢達的這篇文章開路，撰文闡述我的觀點。

人類是這個星球上最高等的靈長類動物，天之驕子，得天獨厚，可以講是集獸性、人性、神性於一身，而我們要討論的性、婚姻和愛情正好對應這三「性」。

## 1.
## 性

食、色是動物皆有的特質，屬於獸性一類。人們喜歡美食，喜歡美酒，喜歡觀賞美麗的花朵，聆聽悅耳的聲音，品鑑不同的香味。這些都是我們五官的生理享受，人們對此寬容、理解，甚至頌揚、謳歌。但是對於性，對於某些器官的生理愉悅，卻不能給予平等的對待。

初中的時候，第一次住集體宿舍，有一個室友在關燈後跟我們說：「小便特別舒服！我特別喜歡小便，那個勁兒真爽！」他那個嘚瑟勁兒，我現在想起來還歷歷在目。

當我們長大了，被各種各樣的道德、規範約束了，知道了禮義廉恥，便不好意思再分享這樣非常個人的體驗了。小弟弟除了小便，還有一件更有意思的事情就是性。對此，人們更是羞於談起，做起來也是偷偷摸摸。而且，社會給性賦予了太多的功能：婚姻、愛情、家庭、生育、道德……使得性比任何其他生理功能都沉重和扭曲。

性跟其他五官享受有任何本質的不一樣嗎？我認為沒有。性是飲食男女的日常，是人類的最基本需求之一，不骯髒、不卑鄙、不可恥。不管是孔子的「飲食男女，人之大欲存焉」，還是告子的「食色，性也」，說的都是同一個意思。

人類的大部分愉悅是飲食和性帶來的。

比如，我們都喜歡吃飯談事兒。請人吃飯，除了有些熱情好客的意思，也因為在吃飯這麼一個愉快的環境下，談事兒好談。賓主雙方心情好，自然事情容易成功。

也有人講，世界上大部分競爭是為了女人，尤其是優秀女人的愛慕。吳三桂為紅顏怒髮衝冠，古希臘人為海倫發動戰爭。回憶我們大學時代，成績好、看哲學書、朗誦詩歌、彈吉他、學跳舞、健美等等，不能不說也是荷爾蒙在起作用。

性大致有三種不同的功能。

一是傳宗接代。這是大家都認同的觀念，也是可以堂而皇之講的事情。過去妻妾成群，生許多孩子，都是大家庭。計畫生育控制了人口的增長，等醒悟過來開放二胎，發現許多現代人連一胎都搞不定。環境的污染、緊張快節奏的生活方式、基因改造和農藥高殘留的食物等因素減弱了現代人的生育能力。性這個最基本、最原始的功能已經受到了威脅。

二是增進情感。不管是同性之間還是異性之間，通過性的交流和分享，可以大大地增強雙方的感情。有人說，雙方感情的深淺是用共同分享的秘密來衡量的。雙方分享的秘密越多，兩人的感情就越好，同性、異性都是如此。實際上，性交是一種信任的表達，代表一種徹底的信任，信任到可以進入對方身體最私密、最不易到達的部位。難怪張愛玲說：「到男人心裡去的路通過胃，到女人心裡的路通過陰道。」不管是胃，還是陰道，都是我們身體的一部分，都是通向心的路，不能厚此薄彼。

第三種功能是愉悅。就像我們吃到好吃的河豚，喝到美味的葡萄酒，品到優雅的香，看到美麗的櫻花，聽到悅耳的歌聲，我們會感受到愉悅一樣。首先是生理上的，接著是心理上的，再下去就是身心一體的愉悅。性到了最高境界，在某一個瞬間的最高點，時間和空間都會消失，那一刻也就是仙界了。

對於性的態度，越年輕的人越開放、越真實，也就越能夠回歸本源。我們也許已經對在朋友圈裡分享美食清單習以為常，但對於性，依然羞於談論。

在性的問題上，男人更容易招致不好的口碑，因為喜歡招蜂引蝶，甚至買春。這其實是本能，是雄性動物基因的本能，想盡量多播種，想有盡量多的後代延續。而在現實的男權社會裡，女性更容易因為性的問題得到過於嚴厲的歧視和打擊。

宗教和道德都對性的第二、第三層功能加以排斥和打擊，對於沒有後代延續的同性性行為更是零容忍。我們回看過去的歷史，越是繁榮的朝代，對性越寬容。不管是古羅馬還是古希臘，不管是嚴苛的大明還是盛唐，都是持一種較為開放的態度。我不知道歷史到底是在進步還是倒退。

醫學上，現在已經能比較成熟地使用試管嬰兒技術了。隨著虛擬實境和機器人技術的不斷進化，將來性也可能由機器和軟體完成，而生育由育嬰專業機構來完成。

一個系統剛剛開始的時候往往是兩極，以後進化到多極，最後進化到自洽系統。自洽系統是最完美的數學系統。但從生物學角度去看，我不知道未來確切的變化是否一定會對人類更有益。當人類擺脫了動物性，自由度將會極大地增加，但這對當下而言已經是科幻的範疇了。

## 2. 婚姻

邏輯、理性思考、科學技術，這些都是典型的人性。

由於人腦發達，儲存信息、處理信息的能力超越了一般動物，人類學會了思考、計算，建立起了理性的制度系統。這是人類區別於動物的地方。婚姻是人類設計出來的眾多制度的一種，目的是保證社會的穩定、財產的傳承，抑或基因的純正。

婚姻是一種社會契約，是人類的一種制度設計，其功能在於保證私有財產，或共同撫養老人和子女，或構成社會穩定的單元。它是社會功能的一種，就跟幾個人合夥開公司一樣，是夥伴和契約關係。

由於男人在族群裡的主導地位，人類歷史上大部分時間是一夫多妻的，短暫的母系社會和殘存局部的母系社會（比如摩梭族）除外。強壯的或者物質條件富足的男性會娶到較多的妻子，也有能力養育較多的後代。羸弱或貧乏的男性只能有一個，甚至沒有配偶，相對而言，後代的延續也比較困難。這保證了優秀的基因能夠存續下來，自然淘汰了不能很好適應環境的基因。一夫多妻制基本跟自然界的「優勝劣汰」是類似的。

基督教和現代資本主義的興起，使新教倫理成為西方甚至普世的價值體系，在講求平等、平權的大價值體系裡，一夫一妻制也順理成章地成為了主流。

在幾千年的人類文明史上，一夫一妻制只有一百多年的歷史。這個制度自執行以來，也受到越來越大的挑戰。世界發達國家的離婚率都不低，美國、法國、俄羅斯都在50％左右，中國也接近40％。許多人，尤其是一些菁英人士對這個制度提出了質疑。比如，它是否合理？是不是我們人類社會最理想的婚姻制度設計？可以持續多久？

如果說它是出於經濟原因，為了共同養育老人和子女，那麼在目前的生產力水準下，這個需求已經不再重要。許多人婚姻不幸福或者有婚外情，之所以不離婚，基本上是因為孩子，因為割捨不了的親情。而社會道德也暗示著父母雙方一起陪伴孩子成長才算正常家庭，離異和再婚家庭的孩子在資訊閉塞的鄉村常常受到歧視。

日本最近流行一種「卒婚」的做法。對於夫妻來說，一旦子女長大成人，便意味著將迎來自己的後半生，並有可能開始全新的生活。在這種情況下，他們通常會考慮是否需要繼續維持婚姻生活，自己是否還有未完成的夢想，等等。由於結婚並不意味著必須同居生活，因此不少夫妻選擇繼續維持婚姻關係但分開各自生活，這種方式就被稱為「卒婚」。

婚姻制度既然是人類設計的一種社會制度，就會不斷演變和進化，直至最終適應生產力的發展水準。物質生活的發達、教育的普及、互聯網的產生等諸多因素，都對婚姻制度帶來巨大的衝擊和改變。如果以公司來類比的話，公司這種商業機構的組織形式也在不斷演變，從小作坊到大托拉斯，從大集團到自組織，現在又出現了越來越多的自由職業者。

與之類似的婚姻也是這樣：單身男女越來越多（尤以菁英女青年為多）、家庭規模從大家族到小家庭。未來會不會演變出更柔性、更靈活的家庭建制，比如一夫多妻、一妻多夫、短期（比如一年）契約式夫妻，甚至不再有婚姻這種組織形式？技術的發展有可能帶來性的革命性變化，同樣，婚姻制度也可能由於技術和社會的發展發生根本性的改變。

## 3. 愛情

愛情是屬於神性的。

釋迦牟尼說眾生皆具佛性，量子力學說萬物關聯（從最小的粒子，到我們個體，再到整個宇宙，小中有大，大中有小，是相互關聯的整體），這些說的都是我們神性的部分。有些宗教（比如基督教、藏傳佛教等）將來生和轉世說得活靈活現，雖然目前我還體認不到，但人和宇宙存在某種相通我是確信的，這也就是我說的「神性」。

不管你有沒有宗教信仰，相不相信來生，人的確具備神性的一面，它是人超越理性的那個部分。尼采崇尚的「酒神精神」，就是人類的神性宣言。喝酒讓我們神經麻醉，交感神經抑制，理性被弱化，深藏在我們身體裡面的跟宇宙中信息和能量相通的那些部分，會自然迸發出來。這就是我們的神性部分。神性部分實際上是跟宇宙相通的那一部分。喝酒，是有點強迫式地釋放人的理性。打坐，卻是一個更加和緩地回歸神性的方式。

佛教的戒、定、慧正好也是對應了人的三種特質。戒對應的是獸性，定對應的是人性，慧對應的是神性。

友誼更多說的是同性間的認同和愉悅，是同性間的愛；愛情大多數是異性間的情感；還有一種愛是人倫之愛，比如父母與子女之間。愛是屬於神性一類的，超越理性，更超越肉體的「性」。

我認為「愛」是人類最美好的情感，雖然「愛」可能以「性」為基礎，但由於綜合了人性的光輝，因此昇華到了神性的高度。男女之愛、同性之愛、人倫之愛，都是愛情（愛的感情）。

這種打穿三界的事物特別美好，這也是生而為「人」才有的好事。我們太應該為之雀躍、為之歡呼。愛是人能夠擁有的最幸運的東西。不管是動物為了繁衍後代的性交，還是仙界（假如有的話）圓滿喜悅的自足狀態，都沒法跟人類的這種「愛」相比。作為人類，有「愛」這件事情，太值得了。

## 4. 三者關係

性是愛情的基礎，愛情是性的昇華。好的婚姻一定是從好的性開始的，愛情更是婚姻持久的重要基礎，幸福的婚姻有賴性和愛的支持。這三者代表了不同的境界，但相互依賴，相互支持，不能割裂，更不能混為一談。

男人對於美人的喜歡，基本上是從「性」出發。姣好的面孔、誘人的身材、動聽的聲音……都有某種性遐想的成分。男人們會將自己心中的愛情幻想投射於這位具象的女人身上。愛情也在這樣的時刻裡慢慢地滋生了。

大多數的戀愛只是戀愛，只有少部分進一步轉化為婚姻。有人說「婚姻是愛情的墳墓」，這是實情。一是兩人的關係從神的空間轉換到了人間，神變成了人；二是愛情被親情代替，兩人依然相愛，只是這是人間的愛，不是天上的了。我們看文藝作品，絕大多數蕩氣迴腸的愛情都是沒有結局的，比如羅密歐與茱麗葉、梁山伯與祝英台。

每一個現實中的女人，不管在你心裡有多美，都是跟你我一樣的人，她會跟隔壁家大媽一樣喝水、吃飯、上廁所，睡覺的時候說不定還會打呼。

我很喜歡羅曼．羅蘭的《約翰．克利斯朵夫》，小說裡人物心裡的情感特別美好。在小說裡，約翰．克利斯朵夫做了首曲子，開了場音樂會，但除了最後排的一個人，沒有人喝采。他說我的音樂只要有一個人能夠理解就夠了。我年輕的時候和他想法一樣，但活到現在，我感覺已經超越他了。即便沒有人理解我，我也無所謂。我不求別人理解，不需要靠這個來支撐我努力和往前走。他的愛情也是美好的。最美好的愛情是沒上過床，沒有得到的那些。所有的愛情都是自我構築的，不是實體構建的。一旦實體化，一上床，一做愛，心中的理想就遭到破壞，沒法再構建了。書裡有個女孩子叫葛拉齊亞，她和約翰．克利斯朵夫從來沒上過床，因此約翰．克利斯朵夫可以隨意地去構造他的情感。

肉體不是那麼重要的。在《愛在瘟疫蔓延時》裡，阿里薩在失去費爾米娜後，通過不同的肉體享受性的快樂，最後又和年邁的費爾米娜在床上做愛。在和費爾米娜結合之前，他遭遇的每一個「陰道」，都是他所愛的那個人的投射，所有這些露水情緣其實都是他愛的女人的化身。最後是不是做愛已經沒關係了。愛一個人是很幸福的。我覺得費爾米娜沒有阿里薩幸福，因為她沒有像他愛她那麼深，那麼癡迷。

還是張愛玲懂男人：也許每一個男子都有過這樣的兩個女人，至少兩個。娶了紅玫瑰，久而久之，紅的變成了牆上的一抹蚊子血，白的還是「床前明月光」；娶了白玫瑰，白的便是衣服上黏的一粒飯黏子，紅的卻是心口上一顆朱砂痣。男人的愛情，最後的結局大抵如此。

理想是美好的，現實是實際的。

我們理想的愛人，永遠「在水一方」；而在身邊陪伴我們的才真實確切。

讓上帝的歸上帝，讓凱撒的歸凱撒吧。我們讓性歸性，讓婚姻的歸婚姻，讓愛情的歸愛情吧。不要用雜音干擾了性，不要給婚姻太重的包袱，不要讓俗媚玷污了愛情。

只有純粹的，才能是美好的。不管是性，還是婚姻或者愛情。

二〇一六年三月三十一日

# 商業和友誼

我是很重感情的人，這十分影響我做商業的方式。我有兩個原則：一個是做熟不做生，一個是和價值觀一致的人合作。

做熟不做生的意思不是只和信任的熟人朋友做生意，而是要和共事的人建立友誼，通過工作、共同理想，彼此成為朋友。雖然和這樣的朋友私交可能不多，但這種朋友其實比私交要可靠。為了共同的理想、共同的目標、共同的利益去做一件事情，由此建立起來的友誼是很堅固的。我和幫我做這本書的出版公司的朋友是有友誼的，不是我寫書，他們出版，就完了。做這本書的過程中，我請編輯團隊一起吃飯、喝酒、品茶、賞花，在這個過程中了解彼此，交換想法。我希望在合作關係裡找到更多的人文和友情。我們的時間很有限，沒有那麼多時間去參加聚會，去酒吧，去交際，所以我希望和共事的人成為朋友。

為什麼很多人喜歡邊吃飯邊談事情？吃飯實際上是通過生理上的滿足令人愉悅，而愉悅的心情有利於談判。商業上如果大家雙贏，也能帶來愉悅，促進友誼的產生。

我原來以為外國人都是很商業的，後來發現不是這樣，尤其跟法國人打交道以後。美國人、法國人，還有其他西方人，他們跟你做生意，不會僅僅因為生意大跟你做，而會因為友誼和信任跟你做。因為友誼，他了解你，喜歡你，所以願意跟你做生意。

交朋友的基礎，是價值觀的一致。有的企業，利益再吸引人，你也不能一起合作，因為價值觀不太一樣。我們做企業，目的是做大，創造更多價值，讓這個世界更美好，但有的企業目的可能沒有這麼純粹。

如何了解合作夥伴的價值觀呢？可以一起喝酒，一起吹牛，一起爬山。我會把我喜歡的活動分享給他們。我最喜歡爬山，雅高的杜布呂到我家來，我帶他去爬山。他有懼高症，居然也爬上去了，因為他想要擁抱我喜歡的東西。他也會分享自己喜歡的東西，比如說他喜歡某一位攝影師，就邀請我去看他的展覽，然後送他的作品給我。我可能沒看出來有多好，但我會試圖去了解它，慢慢理解、喜歡，從陌生到熟悉。兩個人通過這些分享，實際上有了更多了解。

當然，了解之後，我就不再帶他去爬很高的山，我會去照顧他的懼高症。為了回報他的禮物，我也送了一幅我喜歡的作品給他，告訴他我喜歡什麼東西。這種相互的贈送就是友誼。我們並不會因為這兩件小禮物影響任何商業的東西，但通過這些交流，大家了解原來對方是這樣子的。差距當然是很清晰、很實在的，但可以求同存異。

慢慢地，生活裡沉澱了許多有意思的老朋友，有些朋友的價值觀對我影響很深。原本，大學讀完了之後，我一直有種優越感，覺得自己參透了人世間所有最複雜的事情。那時候，從羅素的西方哲學史，到康德、尼采、叔本華的哲學，到佛洛伊德的心理學，我都看過。那時候，我覺得沒有什麼東西是我不能理解的，而且我是學理工科，感覺自己打通了文理。我們那一代的大學生是這樣的，有一種世界在我腳下的驕傲感。這種菁英主義對我的成功是有幫助的，那股驕傲，那種野蠻的力量，傲視群雄的氣魄和自信，推動著自己創造商業的成功。

懷抱著這樣的想法，我原來是看不起小學畢業、初中畢業這樣的低學歷人群的，甚至如果你說你不是交大畢業的，只是一個排名差一點的學校畢業的，我都覺得不行。我覺得自己是尼采嘛，菁英哲學。

但是有兩個人改變了我，一個是海底撈的張勇，一個是掌上明珠的王建斌。張勇只是初中畢業，但他對生意和人的理解，堪稱入骨。他從小在街頭混大，對人性的理解特別深刻。王建斌也是我的好朋友，我們聊得非常深，他的靈性遠遠在我之上，天生有菩薩心。小時候，他爸爸媽媽沒法照顧家庭，他一個人帶一個弟弟一個妹妹，村裡人欺負他，有個鄰居還把大糞潑在他床上。冬天很冷，他們沒有多餘的被子，只能兄弟姊妹抱在一塊兒取暖，拿衣服蓋著。若干年後，那個潑糞的鄰居得了癌症，建斌想都沒有想，給他捐了幾萬塊錢。這件事給我的震動很大。他們都是四川企業家，學歷都很低，但都很成功。他們讓我認識到，智慧跟知識未必有很大的關係。來自街頭的智慧、對人性的理解、對人的慈悲更重要。

對所有的商業，所有的合作來說，人與人的交往最重要。所謂江湖，就是這個社會。大社會是社會，小社會是江湖。人類社會所有的根本點在於價值觀的一致性。我現在尋找合作夥伴，會找那些價值觀一致的。如果不是，我可以不做這個生意。今天，我們也有資格去挑選我們的合作夥伴，包括供應商。你要行賄、拉攏、腐蝕——這樣的事情在中國很多，我們不會選擇。我們的客人如果不尊重我的員工，比如說罵員工，我們會把這樣的客人列入黑名單，不再接待。這樣的事我們對外不大宣傳，但實際上是這麼做的。

過去說客人是上帝，我不認為他們是上帝，客人應該是親朋好友。親朋好友的話，大家應該是平等的關係。上帝是什麼？你是爺，你比爺還牛，你打我罵我，我都不能還手，我得忍著，說「對不起，我錯了」。我覺得這是不對的。這種價值觀，是一個企業必須建立的。

二〇一八年四月一日

# 出離和進入

當超越人性，從靈性這個角度去看人類，人類的所有行為都是可笑的，包括愛情、宗教。追逐的意義是什麼呢？不同教派爭來爭去，這個建了廟那個建了教堂，又是為了什麼呢？當你從很高的角度俯瞰人世，會發現我們的語言、文字、行為、信仰，一切都那麼渺小，那麼沒有差別。一切紛爭、名利、自戀和自以為是，都猶如過眼煙雲。

我很喜歡宋朝，覺得那個時代的審美真是不得了，但那麼高的一個「形而上」的文明，被一個那麼低的「形而下」的文明、被馬和刀給打敗了，下場是何等的淒涼。我原來覺得很惋惜，但當我往上走，拉到宇宙的角度看這個問題，心態就不一樣了，覺得這沒什麼。道法自然，自然就是這樣。

我看過一部短片，是陳漫分享給我的。一個小孩在草地上踢球，旁邊他的父母照看著他，在紐約中央公園還是什麼地方。然後鏡頭開始向上拉，從中央公園到紐約，到美國，再到地球，最後拉到宇宙中間，從這個角度看，哪裡看得出什麼差別？小孩和兩個大人有什麼差別？紐約跟中央公園有什麼差別？後面鏡頭從宇宙又回到小孩身上，小孩是很可愛的，陽光是很燦爛的，中央公園裡面有鳥兒飛過，還有兩隻松鼠在樹上爬，小孩摔倒了，爸爸媽媽特別緊張地把他抱起來……一切依然可愛。拉遠了再回來看世界，這種做法挺好的。

禪宗就是這種境界，脫離出去然後再回來，就是所謂的出離心。一個人不容易出離，出離完了也不容易回來。

曾經有一段時間，我特別害怕去杭州的一個寺廟，那個寺廟是李叔同出家的地方。那段時間我的狀態不好，覺得人生沒什麼意義，很擔心自己會出家。後來過了這個階段，我開始入世，開始重新做企業，結婚生子。很多年之後，我重新看李叔同，看佛教，我就明白了。人類的宗教是給人提供庇護的地方。所有的出離都是一場逃避。

現在我覺得，最好的狀態是：把人間當作天堂，也當作地獄，更視為道場。我來一趟，無非就是在人間修行一場。我的修行是把身心靈都做好，做到極致。身，我喜歡美酒、美食，那就盡情享用。人倫，我有可愛的孩子、賢淑的媳婦；我把企業做好，承擔社會責任。靈性，我可以偶爾有那麼一瞬間，用菩薩的眼光看這個人世間。

這樣的狀態我覺得是最好的。

二〇一八年四月七日

# 信息和能量

很多人不信中醫。我認為原因是真正的好中醫太少。中醫是門藝術，是跟西醫不一樣的一門精妙藝術。中醫的困境是庸醫太多，騙子太多，讓它的名聲不好。

中醫，以及藏醫、印度醫、西醫都是某個特定區域的人，對自然的信息的概括和總結。這些概括和總結都有一定道理，沒有誰是絕對的真理，也沒有誰是絕對的謬誤，一棍子打死的態度不可取。日本人把漢方藥經營得很好，也說明了應該採納什麼樣的科學態度和科學方法去取捨。

我覺得西醫和中醫的關係，跟西洋畫重寫實和中國畫重寫意的關係是非常像的。做中醫，糊弄人是完全可以的。但要做得好，實際上非常不容易。它是一門藝術，是對過去傳統的傳承，包括工具的使用，為每個病人提供不同的方案。

這個世界是由信息和能量組成的，構成每個人的信息不一樣，能量分布也不一樣。人們彼此之間的交流是信息的傳遞，我所說的話對你的生活是有影響的，這個影響只要夠大，就有可能足以改變你的生活。中醫的一些治療方法，我認為能夠造成這種影響。

比如針灸，針灸是幹什麼呢？改變你我的信息，那種認為哪裡不舒服了就往哪裡扎一下的想法是有誤解的。

我有一段時間很焦慮，總是做一些神經緊張的夢，例如考試快遲到了，可是找不到自行車，眼前有好多自行車，可是不知道哪輛是我的，非常著急，只能一輛輛去找。這種焦慮我是靠針灸慢慢緩解的。以前壓力大的時候，這樣的夢一個月會做三四次，現在基本不做了。以前打坐的時候，常感覺自己思緒混亂，想法很多，腦子像失眠後的狀態一樣，非常亂，也是針灸讓我的心安靜下來。科學的確在目前還無法解釋清楚中醫的諸多神秘信息和能量，但科學研究遲早會解開更多秘密。

作為理科生，我以前是不太容易理解這些的，這兩年才開始理解。科學的觀點是什麼樣的呢？一樣東西如果無法被測量，那它就是不存在的。實際上我們的知識和經驗是不足夠的，不足夠理解這些非理性的東西。我的做法是把那個窗戶打開，用一種開放的心態去接受、去了解。你不一定相信它，但是你可以打開你的心靈。

的。

我不是神秘主義的信徒，但我的態度是開放的。至少，完全沒有神秘感的世界是無趣的。

二〇一八年四月二十二日

# 形而上和形而下

很多人問我，季琦，你是天生就選擇了做酒店嗎？我並不確定自己天生要做什麼，並沒有那麼強烈的感覺。在出生的那一刻，宇宙裡忽然有了這麼一個生命，由信息、能量聚合而成的生命。按佛教的說法，是因緣聚合而成。而這小小的生命決定了你一生的東西。嬰兒是一個熵極低的狀態，精子和卵子結合的那一刻，熵更低，是那一刻的無窮小決定了以後的無窮大。

我從大學開始思考形而上的問題，而後來的所有，都是我形而下的表達。

我記得那一天，我在交大外的華山路，在「飲水思源」的紀念碑前看著梧桐樹，思考生命究竟有什麼意義。就在那一刻，當我在尋找某種形而上的時候，我得到了某種形而下的領悟——生命只是一個過程，本體沒有意義，意義只由客體定義，對本體來說，生命就是經歷和體驗。我後來的人生，就是我的形而下的體現——我的商業、我的愛情、我的家庭、我所有的事情都是我形而上的形而下的體現。

形而上跟個體的選擇有關係。當宇宙在某一個初始瞬間決定了某個本體的形而上的時候，那個本體是有選擇的可能性和權利的，那一刻充滿了無窮多的可能性。而在本體做出選擇之後，就形成了其形而下的表達，而且是唯一的表達。

信息和能量來自宇宙，我不知道是什麼力量，但我非常肯定，我們每個本體是有選擇權的。如果沒有選擇權的話，生命就沒有意義了。如果你的命是天定的話，你的人生就沒有任何意義，只是一場鬧劇。實際上，你可以通過你的閱讀、你的思考、你的體驗、你的交流、你喝的酒和茶、你的朋友、你的學識、你的工資、你的老闆、你的同事……來決定你的人生。

在無限多的模型裡，你做出了獨一無二的選擇，這種選擇具有確定性，而這既快樂也悲哀。快樂，是因為它讓你成為了你；悲哀，是因為你從此錯失了其他無窮的可能性。

二〇一八年四月二十六日

# 我們的大時代

常有人說，焦慮是這個時代的流行情緒或流行病，現在的年輕人相比以前要更加焦慮。我倒覺得，每個時代的人實際上都焦慮，因為每個人都身處「自己的大時代」。

所以，你別自戀，別覺得「我們不一樣，我們很特別」，不是這樣的。我們這代人年輕時也覺得自己很特別，我大學剛畢業的時候非常自我，認為世界在我腳下。那時愛讀尼采，覺得自己是太陽，旁人都是星星。年輕時人會有那種自傲的想法，這是人性。

現在是一個好時代還是一個壞時代？我覺得所謂的好壞，其實取決於我們的內心。內心覺得這是個好時代，就會發現一切都很好；內心覺得這時代太壞了，那看到的都是荒涼的景象。內心的想法是很重要的，即便這非常的唯心，但卻是真的。

大時代意味著會有更多的動盪和未知。現在很多年輕人確實被許多欲望弄得很焦慮，這個年代的誘惑和張力也的確更大，但是我覺得他們最終會找到自己的節奏和脈絡，找到自己的安放之處。有些人可能很安靜地在一個小鎮上過平凡的日子，有些人可能更想要投入到前沿的奮鬥裡去。但不管如何，他們都將實現他們人生的精采。我們終將老去，無法把財富、聲名和機會帶到棺材裡去，而我們這一代人曾經的輝煌都將讓位給他們。所以這將是「他們的時代」。

在這本書的最後，我想對讀者，尤其是年輕的讀者說的是，一定不要躁，要心安。心安才能夠專注，才能處身立命，否則容易隨波逐流。我過去就是太急躁了，如果我能夠很早地把我的心安定好，不要因為我的童年不好，就變得很焦慮，我現在能夠做得更好、更成功。心安了，你做事的節奏會不一樣，你對人，對你的夥伴也會不一樣。我原來脾氣暴躁，公司裡所有的人都被我罵哭過，後來覺得沒必要那樣，覺得可以多放點情感在裡面，多點包容。

心安的力量是很強大的，最終將指引你去到想去的地方。

二〇一八年四月二十九日

People 13

# 創始人手記
## 一個企業家的思想、工作與生活

作　　者　季　琦
總 編 輯　初安民
責任編輯　宋敏菁
美術編輯　林麗華
校　　對　吳美滿　宋敏菁

發 行 人　張書銘
出　　版　INK印刻文學生活雜誌出版股份有限公司
新北市中和區建一路249號8樓
電話：02-22281626
傳真：02-22281598
e-mail：ink.book@msa.hinet.net
網　　址　舒讀網http：//www.sudu.cc

法律顧問　巨鼎博達法律事務所
施竣中律師
總 代 理　成陽出版股份有限公司
電話：03-3589000（代表號）
傳真：03-3556521
郵政劃撥　19785090 印刻文學生活雜誌出版股份有限公司
印　　刷　海王印刷事業股份有限公司

港澳總經銷　泛華發行代理有限公司
地　　址　香港新界將軍澳工業邨駿昌街7號2樓
電　　話　(852) 2798 2220
傳　　真　(852) 3181 3973
網　　址　www.gccd.com.hk

出版日期　2019年 2 月　初版
ISBN　978-986-387-280-1

定　價　380元


繁體版由上海浦睿文化傳播公司授權出版

國家圖書館出版品預行編目資料

創始人手記：一個企業家的思想、工作與生活
／季琦 著；
--初版，--新北市：INK印刻文學，
2019.02 面 ；14.8 × 21 公分（People；13）
ISBN 978-986-387-280-1（精裝）
855　　108000082